Après... au bout du chemin
(V.2)

Éditeur : BoD-Books on Demand, 12-14, Rond-point des Champs-Élysées, 75008 Paris, France
Impression : BoD-Books on Demand, Norderstedt, Allemagne
ISBN : 978-2-322-14309-2
© Jocelyne Duchesne
Dépôt légal : juin 2018

Après... au bout du chemin

Jocelyne Duchesne

À Lucien, Chantal, Christian, Cyril,
Marcel, Odette et James.

Après… au bout du chemin

Il est là, couché dans cette herbe fraîche qui lui fait un bien fou, alors que la chaleur de cet après-midi d'été le consume… Mais est-ce bien un après-midi après tout ? Ne serait-ce pas une matinée ou même une soirée ? Qu'importe, il ferme les yeux. Son corps est lourd, pesant, comme abandonné. Il n'a aucune envie de bouger, seulement rester là et se laisser aller. Il voit sa femme, ses enfants qui tournoient autour de lui en riant, se mouvant au ralenti, comme au cinéma. Lui leur dit au revoir de la main.

Il était quinze heures en ce jour d'été 2015. Alexis, jeune homme de 35 ans, au volant de son trente-huit tonnes flambant neuf, sentait ses paupières s'alourdir. Après le passage du tunnel sous la Manche à Calais ce matin à quatre heures, il roula jusqu'à sa pause de midi. Bien qu'il fît une courte sieste après un frugal repas, la fatigue se faisait sentir et la route ressemblait à un long ruban noir, qui n'en finissait pas de se dérouler. Pourtant la radio émettait une émission de musique hard rock qui aurait dû le maintenir éveillé. Quarante-deux heures qu'il était parti de chez lui. Quarante-deux heures qu'il n'avait pas vu sa femme ni ses deux enfants qui l'attendaient certainement impatiemment à Carcassonne. Cependant, il se rapprochait de chez lui, il venait de passer la périphérie de Toulouse.

Une image vint bousculer ses pensées. Hier après-midi, une silhouette sur le bord de la route, baluchon sur l'épaule, en tee-shirt et bermuda marchait sur le bas-côté. Il la dépassa et aperçut dans son rétroviseur un jeune homme noir, pas plus âgé qu'une quinzaine d'années. Arrivé aux portes du tunnel, Alexis stoppa son camion le temps de faire le nécessaire pour rejoindre l'Angleterre. Alors qu'il rangeait ses papiers, il entendit cogner dans sa portière. Il reconnut le garçon qu'il avait doublé quelque temps auparavant. Alexis baissa sa vitre.

— S'y ou plaît, m'sieur ? demanda le jeune garçon dans un français mitigé, emmener moi Angleterre. Moi retrouver famille mais pas papiers. S'y ou plaît, m'sieur ? Moi aider ? Alexis était bien ennuyé. La vision de cet enfant, car il ne s'agissait que d'un enfant, lui broyait le cœur. Il ne put accepter la misère humaine. Bien qu'il sût enfreindre la loi française s'il obéissait, ce serait un bon geste que de faire ce que l'adolescent lui demandait. Il suffisait de le cacher sous les couvertures de sa couchette, où il devrait rester pendant la traversée en shuttle.

Il ne réfléchit pas plus longtemps et lui fit signe de monter. Il apprit ainsi qu'il s'appelait Azar et qu'il venait du Soudan.

— Famille à moi... heu, sœur mariée avec Anglais, précisa Azar. Amina, nom sœur, attend moi à Canterbury et vous allez où ?

— Eastbourne. Je ne pourrai pas t'emmener... Tu comprends ? répondit Alexis devant l'expression attentive que le jeune Soudanais lui renvoyait.

— Oui moi comprendre. Amina venir chercher moi à Folkestone.

Alexis lui sourit. Tout avait l'air bien organisé. Et effectivement tout se passa bien.

Il laissa Azar à Folkestone à la sortie de l'Eurotunnel et continua son chemin vers Eastbourne, où il déchargea sa cargaison.

De retour en France, Alexis se dit chanceux de vivre dans ce beau pays, malgré quelques dissonances. Il est fier d'avoir contribué à donner une vie meilleure à ce gamin d'un autre horizon. En fait... il est heureux, tout simplement. Il s'épanouit dans son travail, il a une famille exceptionnelle... Il a cependant un regret, cette discussion pour le moins houleuse avec sa femme avant-hier soir. Hier après-midi, il lui a téléphoné pour lui dire combien il l'aimait. Malheureusement, il n'a pu l'avoir de vive voix, son portable devait être éteint et, ensuite, c'est le sien qui ne tenait plus la batterie. Le modernisme, c'est bien quand ça marche, se dit-il.

Il en était là de ses réflexions quand tout à coup il se sentit projeter dans un grincement aigu à en faire exploser les tympans. Une secousse percutante se diffusa dans son crâne...

Maintenant, il se voit là, couché au milieu d'un champ. Une ambulance du SAMU et la gendarmerie sont sur place. Il voit un homme, penché sur lui. Celui-ci appuie sur sa cage thoracique à plusieurs reprises... Mais qu'est-ce que cela veut dire ? Maintenant, il voit la scène comme s'il volait au-dessus de son propre corps. Puis, soudain, un éclair blanc l'aveugle. De sa hauteur, il aperçoit, loin, très loin, ce qui ressemble à une maison au milieu de prairies ensoleillées.

I

Vendredi 18 juin 1937

Louis est épuisé de sa journée de travail. Il est heureux de rentrer. Alors qu'il dépasse le pilier du portail, il aperçoit Emma, en train de retirer son linge de l'étendoir, les doux rayons du soleil couchant caressent son visage. Il a fait une très belle journée. La campagne narbonnaise s'est habillée de couleurs estivales ; les buissons de romarin et de thym sauvage de la garrigue embaument l'air de leur parfum mentholé. Au-dessus de sa tête, Louis observe un instant le ballet tournoyant des martinets qui, dans un piaillement aigu, chassent les insectes qui les nourriront. Bientôt, le chant des grillons envahira le crépuscule de sa musique cadencée. Louis aime ce coin de paradis, situé à quatre kilomètres au nord-est de Narbonne.

Avec Emma, ils ont décidé de vieillir ici, en élevant leurs trois enfants.

Ils ont acheté ce petit mas, sans prétention, grâce à l'héritage qu'Emma et son frère Lucien se sont partagé, reçu de leurs parents, Victor et Marie, décédés ensemble dans l'accident du train Quillan-Rivesaltes cinq ans plus tôt, alors qu'ils s'y rendaient pour une courte visite familiale.

Emma pose son panier et court se jeter au cou de son époux, à peine descendu de sa moto.

— Te voilà enfin, mon Louis… C'est plus fort que moi, il faut que j'angoisse tant que tu n'es pas arrivé.

— Ma douce, combien tu me manques quand je suis loin de toi.

Il l'embrasse alors avec fougue, et Emma a beaucoup de mal à se détacher de ses lèvres. Louis, le premier, s'écarte et entreprend de retirer son casque et sa grosse veste de motard.

Ils entendent leurs enfants se chamailler à l'intérieur de la maison, comme à l'ordinaire dès qu'on les quitte de l'œil.

Eugénie, âgée de 12 ans, prend son rôle de sœur aînée très au sérieux. Il n'est point question pour son frère Jean, âgé de 9 ans et sa sœur Madeleine, 6 ans, de faire n'importe quoi quand maman n'est pas là. Mais Jean, et surtout Madeleine, ne l'entend pas de cette oreille. Aussi s'ensuivent des disputes incessantes.

— Eugénie ! crie Emma… Lavez-vous les mains et mettez la table, papa est arrivé ! Tu as entendu, Eugénie ?

— Oui, répond la fillette au travers de la fenêtre ouverte de la cuisine.

Emma est si jolie dans sa robe blanche à fleurs bleues parsemées, malgré ce tablier gris qui lui enserre la taille. Se sentant ainsi observée, Emma se passe les mains dans la chevelure afin de remettre quelques cheveux en désordre.

Elle a remarqué les cernes sous les yeux de son mari. Il paraît fourbu.

— Tu sembles fatigué, tu travailles trop, Louis ! Peut-être devrais-tu un peu ralentir.

La réponse de Louis n'a pas le temps de franchir sa bouche :

— Papaaa, s'écrit alors Jean en accourant, suivi de ses sœurs.

— Hé… Adieussiatz, les pitchounes !

C'est à qui des trois garnements l'embrassera le premier. Emma prend son panier de linge, précède Louis et ses enfants, qui n'en finissent pas de s'agiter autour de leur père, et se dirige vers la maison.

Narbonne, lundi 21 juin 1937

En embauchant ce matin, Louis a l'impression déplaisante qu'il se passe quelque chose.

Il monte les quelques marches qui séparent le bureau du rez-de-chaussée de l'entrepôt de M. Émile. Il s'apprête à frapper quand la porte s'ouvre brusquement :

— Entre vite, lui dit M. Émile.

Il a l'air bouleversé. M. Émile, au-delà d'être son patron, est aussi son chef de réseau. Il s'investit auprès du camp républicain espagnol depuis que celui-ci a maille à partir avec le général Franco, putschiste et instigateur de la guerre d'Espagne. En avril, il y a eu le bombardement de Guernica, qui a mis le feu aux poudres. Des réfugiés basques espagnols quittent leur pays via la France pour retourner en Espagne en passant par la Catalogne. D'autres, en désaccord avec les nationalistes ou les républicains, ont pris le maquis.

Ici, en France, des corpuscules extrémistes ont vu le jour et font rempart aux bonnes volontés qui veulent aider la république espagnole.

— Tu as rendez-vous demain à Figueres, pour dix heures, à la taverne « Las Casas Blancas ». Un contact t'y attendra, et ta mission sera de ramener un agent de renseignements qui doit se rendre à Toulouse.

— Figueres ? C'est en Catalogne ! D'habitude, je m'arrête au Boulou… Emma va commencer à se poser des questions !

— Surtout, ne lui dis rien de tes activités, d'accord ? Il faut laisser ta famille en dehors de tout ça… Il suffit que ton père soit de la partie !

Louis reste pensif… Emma va de moins en moins comprendre ses retards ou ses absences !

— Ensuite, tu remontes à Talairan pour déposer le paquet chez ton père. Je vais te donner de faux papiers car, maintenant, tu t'appelles Martin Juve, tu vas devoir t'impliquer davantage. Tu vas remplacer un de nos camarades qui s'est fait agresser. Il est actuellement sur un lit d'hôpital… Tu deviens officiellement passeur pour le réseau Melchior.

Louis prend une profonde inspiration. Le doute l'étreint.

— Je suis ravi de la confiance que vous et les vôtres m'accordez, mais croyez-vous que je serai à la hauteur ?

— Oui, je n'en doute pas, tu es courageux et je sais que l'on peut compter sur toi.

M. Émile semble bien sûr de lui, il espère ne pas le décevoir. Puis son patron lui intime de se rendre immédiatement à Gruissan, où l'église Notre-Dame-de-l'Assomption l'attend afin de finir de réparer ses gouttières. Demain matin, Louis passera prendre ses nouveaux papiers d'identité ; au plus tard, vers sept heures.

— On fait comme ça ?

— Entendu.

M. Émile lui ouvre la porte et l'accompagne jusqu'au bas de l'escalier.

— Bonne journée, Louis, et à ce soir.

Sur ces mots, Louis prend sa boîte à outils et se dirige vers le vieux fourgon bâché.

Son métier de plombier-zingueur l'amène à faire des acrobaties sur les toits. En ce moment, les gouttières de l'église Notre-Dame-de-l'Assomption de Gruissan ont besoin d'être ressoudées, à la suite du violent orage de grêle qui s'est abattu sur le département fin mai. Cette tempête a causé beaucoup de dégâts, tant sur les maisons que sur les édifices ou les vignes et arbres fruitiers.

Mais Louis adore ce qu'il fait. Quand il se trouve sur le toit d'une église ou d'une cathédrale, il a l'impression de dominer le monde, et que plus rien ne peut l'atteindre.

Si Emma savait combien, sous ses apparences solides, il peut être vulnérable ! Il s'habille chaque jour d'une armure pour donner le change. Surtout ne pas montrer la moindre faiblesse.

Il ne sait pas pourquoi il est ainsi. Peut-être est-ce dû à sa petite enfance. À l'âge de 5 ans, il a contracté la tuberculose, qui lui a imposé un séjour en sanatorium. Il est resté éloigné de sa famille pendant deux ans. Ses parents lui rendaient visite aussi souvent qu'ils le pouvaient, mais plus de cent cinquante kilomètres les séparaient. Il s'est senti perdu, abandonné et tellement seul.

De retour chez lui, il fallut affronter le regard des autres, de ses camarades de classe. Il avait une apparence chétive, escanaulit, comme on dit ici. Il était plus petit que la moyenne, ce qui fit de lui le bouc émissaire des plus costauds. En grandissant, il se promit de ne plus se laisser marcher sur les pieds. Contrairement à d'autres, l'adolescence fut pour lui un soulagement.

Voir son corps changer, s'étoffer, le rendit un peu plus sûr de lui. Malgré cela, il avait des moments d'incertitude, de crainte. Il devenait alors facilement irascible. Il ne fallait pas le chercher, car il jouait rapidement des poings. Il avait tant d'années de reconnaissance à rattraper !

Puis il rencontra Emma. Avec elle, il déploya des trésors de tendresse, dont il ne se serait jamais cru capable. Sa beauté, son intelligence le valorisait. Comment une fille comme elle pouvait-elle aimer un garçon comme lui ? Il se devait de tout faire pour la garder, pour l'épouser et avec elle avoir des enfants… Emma aimait pouvoir se reposer sur les épaules d'un homme, alors il devait se donner l'apparence d'être fort, invincible !

En attendant, il doit trouver un prétexte pour convaincre Emma de l'obligation qu'il a de se rendre à Talairan demain soir… Talairan, la petite commune qui a vu naître Louis, est un village encaissé en plein cœur du massif pyrénéen, aux ruelles étriquées et imbriquées. Une allée, au centre du village, bordée de platanes, que les habitants nomment « la promenade », accueille le marché hebdomadaire. Un peu plus loin, un magnifique lavoir, circulaire et imposant, reçoit les lavandières deux fois par semaine pour une journée laborieuse mais tellement joyeuse. À l'horizon, de toutes parts, on distingue les vignes qui donnent le délicieux muscat. L'été, une odeur de miel se répand dans la bourgade, et les cigales y vont de leur ritournelle rythmant la sieste de chaque villageois, aux heures les plus chaudes de la journée.

Lundi 21 juin 1937, 21 heures

Emma débarrasse la table avec l'aide d'Eugénie ; Jean et Madeleine sont grimpés chacun sur un genou de leur père, qui leur raconte l'histoire de la « Chèvre d'or », conte occitan. Les petits, assis sagement, les yeux brillant de plaisir, écoutent avec une attention toute particulière la légende d'une cabrée aux cornes, pelage et sabots d'or, gardienne d'un trésor sarrasin, dissimulé dans une grotte des Alpilles. De temps en temps, Emma aperçoit des mouvements de bouche en o ou en a de Jean ou Madeleine, qui la font sourire. Eugénie, les couverts en main, suspend son geste à l'instant crucial de l'histoire. Elle désire en connaître la fin. Qui pourra attendrir suffisamment la petite chèvre, qui abandonnera alors le trésor ?

Le conte fini, Madeleine est insatiable :

— Encore une histoire, papa, supplie-t-elle.

— Non, il est temps d'aller au lit, il y a école demain… Allez zou… del lièch ! Venez que je vous poutounèje !

— Bonsèr papa, bonsèr mamà, lancent ensemble les enfants après avoir reçu un gros baiser de leurs parents, en se retranchant dans la grande chambre qu'ils partagent.

Emma sort deux tasses et sert un café.

Elle ne voit pas que Louis s'inquiète d'aborder avec elle le sujet épineux de sa prochaine absence.

— Galinette, je dois te dire quelque chose.

Avec une infinie précaution, il lui explique que M. Émile l'envoie demain à Couiza, où il doit faire des travaux de zinguerie chez un viticulteur, qu'il en profitera pour rendre visite à son père qui est souffrant comme elle le sait, et qu'il passera la nuit là-bas. Il rentrera certainement samedi dans l'après-midi. Emma a une expression de lassitude que Louis connaît bien. Le voilà encore parti par monts et par vaux… Et cette fois, il ne rentrera pas.

— Dis-moi, ça fait déjà trois fois que tu vas à Talairan ce mois-ci ! C'est vrai que beau-papa n'est pas remis de la perte de ta mère mais il va falloir qu'il s'y habitue !

— Je sais bien, mais il y a des travaux qu'il ne peut pas faire seul. Je vais en profiter pour l'aider à déplacer une barrique qu'il veut passer dans le second cellier.

— C'est égal tout de même. Enfin… Tu es un bon fils, mon Louis et, après tout, c'est normal que beau-papa compte sur toi, sinon, sur qui pourrait-il compter ? finit-elle par admettre.

Hélas, le frère aîné de Louis est décédé des suites de ses blessures pendant la Première Guerre mondiale. Il venait d'avoir 19 ans. Enterré vivant dans un trou d'obus, une jambe arrachée, il s'était vidé de la moitié de son sang lorsqu'on l'a extirpé de l'endroit. Il ne s'en est par remis et mourut deux jours plus tard. Bien sûr, ce fut un énorme chagrin pour ses parents et pour Louis, qui n'avait que 11 ans.

Louis se lève, prend sa femme dans ses bras et entreprend de la bercer.

— Je t'aime tellement, tu sais.

Pour toute réponse, Emma se blottit langoureusement contre son homme.

Mardi 22 juin 1937, 7 h 20

Louis arrive avec quelques minutes de retard à l'entrepôt. Il y a du brouillard ce matin. Il a passé une nuit agitée. L'angoisse l'étreint. M. Émile n'attend plus de lui qu'il soit un simple courrier, mais qu'il accomplisse des missions. Il va maintenant être au cœur de l'action.

D'après M. Émile, il sera chargé de faire les transferts de la France vers l'Espagne de partisans français ou étrangers, soutenant les républicains, et vice versa. Son père les prendra à son tour en charge afin de les déplacer à Toulouse.

Bien que Léon Blum ait signé un pacte de non-intervention avec les nationalistes, il autorise clandestinement les Français volontaires à se battre auprès des républicains espagnols. Des réseaux se sont formés. Il y a non seulement des Français mais aussi des Américains, des Allemands et des Italiens. De plus, il est important de faire en sorte de connaître les dangereux desseins de l'armée allemande pour l'avenir de la France. Louis a compris que, avec sa machine à deux roues, une FN 500 de 1933, achetée d'occasion trois ans plus tôt, il sera plus facile de circuler sur les voies et chemins, à travers la chaîne montagneuse.

— J'avoue que ça me fait un peu peur, mais c'est pour la bonne cause.

Pour finir, M. Émile lui donne un mot de passe afin de s'assurer de la bonne identité de son contact.

— Il faut que tu y ailles, maintenant. Voici ton identité de passeur, de quoi te réapprovisionner en essence et casser la croûte.

En le remerciant, Louis saisit les quelques billets que lui tend son patron, puis enfourche sa moto et démarre. Il fait un dernier signe de la main avant que l'épaisse brume n'enveloppe définitivement la silhouette imposante de M. Émile.

Le brouillard est très dense par endroits. Louis ne roule pas vite, la route est très sinueuse.

Il a conscience qu'il joue un jeu dangereux. Lorsque M. Émile l'a recruté il y a maintenant trois mois, il n'était alors pas question de faire ce qu'il fait aujourd'hui. Il se contentait de servir de courrier. Bien que la France respecte une certaine neutralité vis-à-vis de la guerre d'Espagne, des Français, de partis radicaux, doivent être aux aguets du moindre mouvement sur la frontière franco-espagnole. Sans parler de la douane et de la police castillanes. Et si voyager à moto peut lui permettre de passer quelque peu inaperçu, le danger va désormais être partout. La prudence est de mise.

Le soleil a réussi à percer l'épaisse couche cotonneuse qui embrumait le paysage. La conduite de Louis est moins crispée.

La température montante de ce début de matinée le détend. À l'horizon, la mer joue avec l'astre royal, qui la caresse de ses rayons lumineux, la faisant scintiller telle une pépite d'or.

Un coup d'œil à sa montre lui indique 8 h 30. Il vient de passer Perpignan. Il n'aura pas le temps de s'arrêter au Boulou, il lui reste encore une soixantaine de kilomètres et le Perthus à franchir. Il préfère arriver avant l'heure.

Le col du Perthus. Un premier arrêt à la douane française.

— Papiers, s'il vous plaît.

Louis tend ses fausses pièces d'identité au nom de Martin Juve. Le douanier regarde attentivement et alternativement Louis, puis ses papiers. Il jauge, fait le tour de la cylindrée et demande, tout en lui redonnant ses documents :

— Puis-je savoir ce que vous allez faire en Espagne par ces temps-ci ?

Louis n'est pas à l'aise. Il espère que le douanier ne se rend compte de rien. M. Émile lui avait donné la consigne de dire qu'il rendait visite à sa sœur qui habite à quelques kilomètres du Perthus, côté Espagne, afin d'avoir des nouvelles.

— Bien… Vous pouvez y aller… Soyez prudent.

Louis le remercie d'un signe de tête et avance de quelques mètres jusqu'au poste-frontière espagnol, qu'il passe également sans encombre.

Il espère arriver avec une vingtaine de minutes d'avance à Figueres, ce qui lui donnerait le temps de repérer les lieux.

Ses pensées vont vers Emma.

Pour arrondir les fins de mois qui sont parfois difficiles avec trois enfants à élever, elle fait des entretiens ménagers. Il aurait tellement préféré qu'elle n'ait pas à faire ce genre de corvée.

Aujourd'hui, elle va chez M. et Mme de la Châtelière... Mme de la Châtelière est une femme d'une petite cinquantaine d'années, bien en chair et charmante. M. de la Châtelière est tout aussi charmant. Ce sont des bourgeois, certes, mais avec beaucoup de simplicité et de gentillesse. Mme de la Châtelière est issue d'une famille juive richissime et monsieur, fervent catholique, est secrétaire d'État au ministère de l'Éducation nationale à Paris. Il n'est pas souvent là, mais madame ne semble pas s'ennuyer. Elle a de nombreux amis et ses deux petits-enfants, que sa fille unique lui a donnés, la comblent de joie.

Emma seconde trois jours par semaine Joséphine, domestique chez cette famille narbonnaise. L'hôtel particulier qu'ils occupent en plein centre de la ville est d'une grande superficie, composé d'un rez-de-jardin et d'un étage relié par un escalier monumental, avec beaucoup de pièces et surtout beaucoup de fenêtres ! Emma lui a dit qu'aujourd'hui était le jour du nettoyage des vitres et de l'argenterie. Rien de bien passionnant. Si ce n'est l'amour du travail bien fait.

En rentrant, elle doit passer chercher Jean et Madeleine, qui quitteront l'école, Jean emmenant Madeleine sur son beau vélo bleu qu'il a eu à Noël. Heureusement, l'école primaire se trouve un peu excentrée de Narbonne, ce qui fait un parcours d'un peu moins de trois kilomètres pour les enfants. Eugénie, elle, rentrera plus tard ; elle prépare le concours pour intégrer l'École normale de Nîmes afin de devenir institutrice.

Le panneau indiquant La Jonquéra ramène Louis à la réalité… Un taillis cache en partie la vue du village. Au fur et à mesure de son avancée, il aperçoit des taches blanches qui, comme un tableau, ponctuent çà et là de fragments lactescents les différents verts des arbres.

Enfin apparaît la petite commune escarpée aux maisons alignées de chaque côté du lit d'une rivière. La traversée de cette petite bourgade se fait sans encombre. Alors qu'il aborde l'entrée du village, il perçoit le mouvement furtif d'un rideau qui cache des yeux inquisiteurs derrière les façades de craie, puis une jeune femme, un nouveau-né dans les bras, qui accélère le pas pour ne pas avoir à croiser l'étranger qu'il est. Un peu plus loin, quelques étals contiennent des fruits, du pain, du poisson et quelques lapins, braconnés sans doute. Une poignée de femmes, tous âges confondus, essaient de marchander cette manne. Sur la place, quelques anciens occupent des bancs, à l'ombre des micocouliers. Ils interrompent leur conversation, le temps de le regarder passer et s'éloigner.

Louis file sur la route 13, vers Figueres, à vingt kilomètres de là. Il traverse des vallées plus ou moins verdoyantes, sur lesquelles sont posées, tels des chapeaux chinois, des collines aux sommets dénudés. Des boqueteaux de chênes-lièges et des châtaigneraies soulignent, de pause en pause, son parcours. En arrivant à proximité de la ville, il est impressionné par la forteresse colossale de Sant Ferran, qui impose au paysage une ossature de pierre aux remparts angulaires, dominant la plaine. Empruntant la carrer de la Jonquéra, une rangée de platanes, de chaque côté de la chaussée, semble lui indiquer le chemin.

La rue qu'il prend est étroite et bordée de maisons grèges, à deux ou trois étages, s'emboîtant les unes dans les autres à la manière d'un jeu de cubes. Au bout de la rue s'encastre une vaste place rectangulaire, et l'auberge Las Casas Blancas fait son apparition. Il va pouvoir se dégourdir les jambes et prendre un café.

Il gare sa moto près d'une fenêtre de la taverne. Il pousse la porte vitrée aux boiseries blanches et entre dans une salle au plafond bas et aux murs blancs, enduits à la chaux, habillés çà et là d'œuvres picturales aux couleurs chatoyantes.

Des tables de bois rectangulaires sont recouvertes de nappes en tissu vichy jaune. Des chaises sont disposées en trois rangs d'un bout à l'autre de la pièce.

— Buenos dias !
Louis tourne la tête en direction de la voix féminine qui l'interpelle.
Une jeune femme au minois agréable et aux longs cheveux bruns ceints d'un bandeau rouge se tient derrière le bar. Elle semble à peine plus vieille que lui.
Une curieuse impression l'envahit. C'est comme s'il avait déjà vécu cet instant, mais dans un autre lieu. Cette jolie femme ne lui semble pas inconnue. La grâce, la beauté et la douceur qu'elle dégage le troublent… Et même cette expression mélancolique !
La jeune femme s'impatiente devant le regard insistant de Louis.
— Buenos dias, répète-t-elle, agacée.
— Bonjour, répond-il, redescendant sur terre.
— Ah, vous êtes français… Puis-je savoir votre nom ? demande-t-elle dans un français maîtrisé.

Louis se dit alors qu'il s'agit peut-être de son contact.

— Martin Juve... J'arrive de Narbonne, se crut-il obligé de préciser. Mais, avant toute chose, c'est bien ici qu'habite votre grand-père ?

— Oui, mais il n'est pas là aujourd'hui.

L'échange codé tranquillise les deux antagonistes.

— Pilar, lui dit-elle en lui tendant la main... Vous êtes un peu en avance... Un café ?

— Avec plaisir, répond-il en la lui serrant. Vous parlez bien le français, dites-moi !

— Vous savez, je n'ai guère de mérite, ma mère était française.

La porte d'entrée s'ouvre et un vieux monsieur rabougri, canne à la main, fait irruption

— Holà, Pilar... Como estàs ?

(Bonjour, Pilar, comment vas-tu ?)

— Muy bien, Paco, gracias. Y tù ?

(Très bien, Paco, merci. Et toi ?)

— Estar más sano que una Almendra.

(Aussi sain qu'une amande.)

Elle sourit, tout en faisant signe à Louis de se choisir une table. Le petit vieux, lui, est allé s'installer, sans doute comme à l'accoutumée, dans un coin de la salle, avec son journal.

— Vino rosado, Paco ? demande Pilar

— Si... Gracias.

Déjà, il était plongé dans sa lecture. Son café servi, Louis se détend. On pourrait croire que le temps a suspendu son vol ici, dans ce quartier de Figueres, tant tout semble calme, posé. Loin du tumulte de la guérilla qui ensanglante l'Espagne. Cette partie de la Catalogne ne semble pas touchée. Mais jusqu'à quand ? D'après les dernières nouvelles, les rebelles donnent beaucoup de fil à retordre aux républicains.

L'auberge se remplit peu à peu. Les hommes âgés se retrouvent pour discuter de leurs craintes et de leur colère. Louis voit de temps en temps un bras au poing serré se lever. Ça parle fort et gesticule. Il regarde de temps à autre sa montre et se demande combien de temps encore il va devoir attendre.

Enfin, Pilar lui demande discrètement de le suivre. Il lui emboîte le pas. Elle a une démarche altière, il ne peut s'empêcher de remarquer comme elle est bien faite.

Ils entrent dans la cuisine, où une odeur de poissons grillés leur monte au nez. Un homme d'une quarantaine d'années, affublé d'une veste de cuir et d'une casquette, les attend.

— Voici Helmut Van Richter, dit le Loup… Helmut, je vous présente Martin, dit-elle à voix basse.

Les deux hommes se saluent.

— Helmut a des documents importants à rapporter à Toulouse, il va vous falloir jouer de prudence.

Helmut sort de sa casquette deux petits rouleaux bruns ressemblant à de la pellicule photo.

— Ce sont des microfilms. Je dois les remettre en mains propres, expliqua le Loup en français avec un léger accent de l'Est.

Y a-t-il un endroit sur la moto où je pourrais les planquer ?

— Oui. Au niveau des manchettes du guidon. Nous allons les retirer, entourer chaque poignée d'un microfilm et remettre les manchettes.

Pilar se dandine d'un pied sur l'autre. Elle semble vouloir parler mais hésite.

— Je suis pour un pays libre et de droit ! dit-elle soudain en s'adressant à Helmut. J'ai cru à une République démocratique… J'ai tellement honte de toutes ces exactions qui sont faites auprès de la population religieuse et des croyants en général ! Mon Dieu, que sommes-nous devenus ! Avez-vous un moyen d'aider ceux qui sont pour une vraie démocratie ? s'empresse-t-elle de lui demander. Mon pays se meurt. Aidez-nous, je vous en prie…

Helmut est déstabilisé devant cette détresse. Les partis républicains sont en train d'aggraver le sort de l'Espagne. Helmut en est conscient mais, hélas, il ne peut rien faire pour apaiser les inquiétudes de Pilar. Comme il le dit si bien, il compatit au malheur qui la touche, à toute cette misère. Malheureusement, une autre misère se profile à l'horizon.

Celle-ci risque d'envahir l'Europe et peut-être même le monde ; son devoir aujourd'hui est d'essayer d'enrayer le dessein de cet ennemi de l'ombre… Bien sûr que l'Espagne fait partie du plan mais pour qu'elle survive à cette guerre, il faut tuer le mal à la racine, c'est-à-dire empêcher l'armée allemande d'arriver à ses fins parce que, à n'en pas douter, ce conflit, si les nationalistes sont vainqueurs, est le reflet d'une prochaine guerre mondiale.

Pilar s'insurge devant ce malheur… Puis elle baisse les yeux, des gouttes perlent à ses paupières. Elle met en avant ses actes et l'aide qu'elle apporte aux pays européens, alors qu'elle ne peut soutenir son propre pays. Lorsqu'elle s'est engagée dans le mouvement républicain, elle voulait avant tout un monde meilleur pour l'Espagne, alors qu'il est devenu un charnier… Ses frères se battent entre factions à l'intérieur même du parti républicain. Chacun veut le pouvoir, quel qu'en soit le prix à payer. Est-ce cela la future démocratie ? Une prise de pouvoir ? Quelle honteuse déception !

Louis est profondément secoué par la diatribe de sa comparse. Elle s'est trompée de combat. Peut-être aurait-elle dû prendre le maquis afin de se battre aux côtés de ceux qui veulent apporter un changement radical pour l'Espagne.

Ne sachant quelle contenance avoir, une nouvelle fois, Louis regarde sa montre. Il est midi trente… Pilar perçoit son geste discret. Penaude de s'être dévoilée, elle se sèche les yeux et dit :

— Avant que vous ne repreniez la route, je vais vous servir un petit morceau. J'ai des tapas de poissons et d'omelette aux pommes de terre. En revanche, vous n'aurez pas de pain, je n'en ai plus.

— À quelle heure est la relève de la douane ? lui demande Louis.

— Quatorze heures… Ce sont des rotations de douze heures. Vous avez le temps de vous restaurer un peu.

Une voix, venant du bar, s'élève.

— Pilar… Donde estas ? (Où es-tu ?)

— Estaré ahi… Je vous laisse. Vous sortirez par la porte arrière, dit-elle, la désignant de la main. Attention à vous.

Elle prit alors deux bouteilles de vin et se dirigea vers la salle.

Louis et Helmut passeront le Perthus sans problème. Néanmoins, ils devront patienter une trentaine de minutes à la douane espagnole, un flux d'expatriés passant la frontière.

Deux heures plus tard, Talairan les accueille en ce début d'été, dans l'agitation de la sortie des classes. Certains écoliers ont pris place dans un tombereau tiré par des chevaux de trait à l'allure pesante. Ils profitent de ce moyen pour parcourir les quelques kilomètres qui les séparent de leur domicile. Un joyeux chahut règne dans la charrette. Les enfants les saluent au passage, les garçons retirant leur casquette en signe de respect.

Augustin vient de descendre de son tracteur lorsque les pétarades de la moto de son fils se font entendre. Il s'empresse au-devant de Louis et de son compagnon, entrant dans la cour.

— Eh, adieu, mon petit… Vous avez fait bonne route ? demande Augustin en serrant son fils contre lui.

— Oui merci… Papa, je te présente Helmut.

— Adieu, Helmut.

Augustin s'empare de la main du Loup et la presse avec vigueur. Augustin est une force de la nature, un homme de la terre, cette terre qui a appartenu à son grand-père, puis son père, et qu'il cultive aujourd'hui avec la passion de ceux qui reconnaissent la valeur du travail de leurs ancêtres. Il est né ici et mourra là.

— Désolé, j'ai une main de fer, s'excuse-t-il en voyant Helmut retirer la sienne en la secouant… Mais, entrez, je vous en prie, nous avons des choses à nous dire.

Demain matin, François Battisti, autre membre du réseau Melchior, viendra chercher le Loup, pour l'emmener à destination.

Mardi 22 juin 1937, 21 h 30

Emma est en train de fermer la porte de la chambre, quand la porte de la cuisine s'ouvre délicatement. Elle se retourne, voit Louis sur le seuil. Revenue de sa surprise, elle court se réfugier dans les bras tendus.

— Mais que fais-tu là ? lui demande-t-elle. Ne devais-tu pas passer la nuit chez ton père ?

— J'avais trop envie de vous retrouver, j'ai mangé avec lui et ensuite, eh bien… me voilà !

Elle le regarde, voit dans ses yeux toute la tendresse du monde et se sent fondre de bonheur.

— Je suis tellement contente !

— Et moi donc…

Après une étreinte passionnée, ils s'installent autour de la table, s'abreuvant d'une tasse de café comme ils le font chaque soir après le souper, moment propice aux confidences.

Ils discernent par moments des chuchotements et des rires étouffés venant de la chambre des petits.

— Les enfants, il faut dormir maintenant ! leur crie-t-elle.

Quand leur père n'est pas là, ils en profitent. Ils savent que leur mère est plus indulgente. Elle sourit.

Le calme se faisant, elle partage avec Louis les souvenirs des bons moments passés avec Lucien lorsqu'ils étaient enfants, qu'ils faisaient de leurs draps de lit une cabane et qu'ils jouaient à se faire peur ou à se raconter des histoires. Tout en échangeant, Louis surprend l'air chagrin de sa femme et le lui fait remarquer. Sans se faire prier, elle lui raconte comment la visite de son frère Lucien, en fin d'après-midi, l'a bouleversée…

Elle avait préparé de grosses tartines de beurre et de miel pour le goûter de ses enfants… Un vrai régal pour eux. Pendant qu'ils se rassasiaient, Emma en profita pour se faire un brin de toilette dans l'évier. Jean et Madeleine se disputaient le miel resté sur la cuillère qui avait servi à l'étaler sur le pain.

— Ça suffit, les enfants ! les reprit-elle d'une voix coupante. Finissez votre goûter et faites vos devoirs, s'il vous plaît.

Au moment où elle refermait son chemisier, un bruit de moteur ronfla dans la cour. Une portière claqua. Elle aperçut derrière le rideau de la fenêtre, la Simca cinq flambant neuve de son frère. Deux coups furent frappés.

Emma termina de se reboutonner et alla ouvrir.

— Maman, j'ai fini ma tartine. Je peux aller jouer ? demanda Jean.

— Fais ta lecture, je te ferai réviser tout à l'heure, répondit Emma en faisant entrer Lucien.

— Bonjour, Lulu… Qu'est-ce qui t'amène ?

— Bonjour, tonton Lulu ! reprirent en chœur les petits.

— Bonjour, les enfants, leur dit-il en plaquant une bise sur chaque bouille attendrissante des bambins.

Puis Lucien se pencha pour embrasser sa sœur. Il venait voir si Louis pouvait le dépanner dimanche matin ; le robinet du lavabo de sa salle de bains fuyait. Emma lui répondit qu'elle ferait la commission, mais que Louis ne rentrerait pas ce soir-là.

— En fait, il travaille à Couiza et, ensuite, il va voir son père à Talairan. Mais tu peux repasser demain soir, si tu as le temps.

— Peuchère, il travaille comme un forçat, le Louis.

— C'est vrai, mais depuis que son père est veuf, il est un peu perdu. Il a besoin de bras pour déplacer des tonneaux.

— Maman, je peux aller dehors ? demanda à son tour Madeleine.

— J'arrive pour t'aider dans tes devoirs. Installe-toi sur la table et fais comme Jean.

Madeleine fit une moue boudeuse, mais obéit.

— Pardon, Lulu mais, tu vois, je suis un peu occupée, s'excusa Emma.

Lucien saisit très bien que ce n'était pas le moment le plus opportun pour sa sœur.

— Ne t'en fais pas, je reviendrai demain soir et je verrai avec lui.

— Très bien mais pas avant dix-huit heures.

Puis elle s'enquiert de la santé de sa belle-sœur Josie. Lucien reste un moment silencieux, puis répond brièvement que ça va, qu'elle se remet. Emma lit à livre ouvert dans le cœur de son frère. Il souffre de la situation. Certes, Josie a perdu son bébé, mais Lucien, qui rêve tant d'avoir une famille à lui, est affecté.

— C'est dur, tu sais, pour une femme, de perdre son petit… même s'il était encore dans son ventre !

— Mais pour moi aussi ! lance Lucien, dépité. Chaque jour j'y pense à ce petit ! Il aurait 18 mois aujourd'hui… Tu t'en rends compte, elle ne veut plus que je la touche ! Et je ne sais pas encore combien de temps ça va être comme ça.

Emma se voulut rassurante.

— Ça va s'arranger… Laisse le temps au temps.

Elle avait mal de voir son frère malheureux. C'est un si bon garçon, si brave… Peut-être même trop brave. Josie ne sait pas la chance qu'elle a.

— Té, prends donc ce verre de rosé, ça va te rasséréner un peu. C'est un corbières de mon beau-père, propose-t-elle en lui tendant un verre aux trois quarts empli.

Lucien la remercia et s'assit pour le déguster.

— Ma foi, il est bien bon, ce petit vin, lui dit-il.

Gorgée après gorgée, il savoura le breuvage. Josie ne veut pas d'alcool à la maison. Elle vient d'une famille nombreuse avec un père alcoolique et violent. Elle a fait promettre à Lucien de ne jamais s'enivrer et d'éviter le vin à table. Il ne peut même plus siroter un petit jaune, comme il le faisait le dimanche midi, quand il s'arrêtait au petit café « Chez Marcel » avec Gilbert et Constant, ses compagnons de régiment. Chacun payait sa tournée. Il n'avait alors de compte à rendre à personne, étant célibataire.

Oui, Josie l'a complètement changé. C'est à peine s'il revoit ses copains.

— Merci, Emma pour ce veiron, je vais y aller.

Lucien se leva. Il semblait porter la misère du monde sur ses épaules.

— À demain soir... Fins a léu, les mistons... Fins a léu, sorreta.

— Fins a léu, Lulu. Bonjour à Josie.

Emma referma la porte sur les pas de son frère. Il paraissait découragé. Sa femme ne le comprend pas toujours et se montre parfois intransigeante avec lui. C'est le petit frère d'Emma ; seulement onze mois les séparent. C'est presque un jumeau et le voir accablé ainsi la blessa au plus profond d'elle. Elle s'est souvent dit que Josie n'était pas faite pour lui. Il est trop sensible, et elle, si dure ! D'ailleurs, Emma pense que Lucien est sans doute plus malheureux que sa femme de la perte de leur bébé. Il la connaît en fait assez peu. Ils ne se sont fréquentés que six mois avant qu'elle ne se découvre enceinte. Ils se sont donc mariés et, deux mois après leur union, Josie faisait sa fausse couche.

— Tu ne peux pas grand-chose pour lui pour le moment ! l'interrompt Louis. Tu ne peux pas te mettre à sa place. C'est à lui de réagir et de montrer à Josie qu'elle n'est pas le centre du monde, que lui aussi existe.

— C'est vrai, mon Louis, tu as raison !

— Maman, j'ai envie de faire pipi ! appelle Madeleine, plaintive.

Emma lève les yeux au ciel puis se dirige vers un petit réduit dans lequel se cache le pot de chambre. Elle va retrouver la fillette, qui l'attend debout près de son lit. Emma évite d'allumer et laisse la lueur de la cuisine envahir la pièce par la porte ouverte.

— Tu vois pourquoi je veux que tu le fasses avant de te coucher, tu devrais être en train de dormir maintenant, murmure-t-elle, soucieuse de ne pas réveiller ses aînés.

Une fois Madeleine soulagée, celle-ci se recouche et Emma lui plaque un gros baiser sur le front.

— Papa est arrivé ? demande Madeleine d'une toute petite voix.

— Oui, tu le verras demain… Allez zou, ma galinette, bonne nuit… Fais de beaux rêves.

Emma se retire sur la pointe des pieds, non sans jeter un regard tendre sur ses autres gentils monstres, qui se sont enfin assoupis.

II

15 août 1937

Louis a fait plusieurs allers-retours entre Narbonne et Figueres depuis le mois de juin. Emma ne lui pose plus de questions, Louis fait en sorte d'être rentré avant huit heures du soir, comme s'il venait de quitter son travail.
Il a revu Pilar et est de plus en plus troublé par cette femme. Des liens d'amitié se sont peu à peu tissés entre eux. Elle lui a appris qu'elle avait été mariée pendant trois ans et que son époux avait été exécuté par les miliciens de la « Phalange » en décembre 1936. C'était un activiste républicain. Il travaillait pour un journal local. Il a été assassiné pour avoir distribué des tracts et organisé des manifestations clandestines contre le régime de Franco.
— Louis ? l'interpelle la voix douce d'Emma… Lucien et Josie sont venus nous rendre visite.

Louis laisse là ses pensées et se dirige vers le petit patio, recouvert d'une tonnelle de chèvrefeuille, situé à l'arrière de la maison, où l'attendent ses convives.

— Hé… Adieu, Lulu. Adieu, Josie, s'exclame-t-il en arrivant. Et alors, comment ça va ? leur demande-t-il en les embrassant.

Emma leur sert un verre de vin rosé bien frais, qui est le bienvenu par cette chaleur. Louis et Lucien s'entendent à merveille et s'apprécient. Les deux hommes se lancent dans une conversation à bâtons rompus… Ils ont toujours quelque chose à se dire.

Josie regarde d'un mauvais œil son mari, qui étanche sa soif avec gourmandise. Emma essaie de dédramatiser la situation en avouant qu'un petit verre de vin ne va pas lui faire de mal. Josie n'apprécie guère d'être ainsi démasquée.

— Je ne supporte pas les beuveries, c'est comme ça. Et ce n'est certainement pas toi qui vas me changer !

— Mais il n'est pas question que je te change, je veux juste te faire comprendre que Lucien a besoin de temps en temps de se faire plaisir. Ce n'est pas pour cela qu'il est alcoolique !

Josie détourne son regard et lève les yeux au ciel en soufflant. Emma montre des signes d'impatience vis-à-vis de sa belle-sœur. Elle sait qu'elle n'a guère de sympathie pour eux. Elle a réussi à piéger Lucien pour l'épouser parce qu'il a une situation confortable et donc, pour elle, l'avantage de ne pas avoir à travailler. Lucien est garagiste. Il a deux employés. Il répare surtout les engins agricoles. Il ne compte pas ses heures et Josie a toutes les libertés.

Emma se lève et va rejoindre ses enfants. Les deux plus jeunes jouent à l'ombre du tilleul, pendant qu'Eugénie, assise au pied de l'arbre, se délecte d'un nouveau roman. Elle leur apporte, sur un plateau, à chacun un verre de citronnade et un morceau de pain d'épices.

Louis est en pleine explication avec Lucien, le bras levé dessinant un cercle imaginaire lorsqu'il voit Emma revenir, accompagnée de M. Émile. Surpris, il suspend son geste. Que peut-il bien faire ici en ce jour de l'Assomption ?

— Bonjour, messieurs dames.

— Monsieur Émile, l'apostrophe Louis, l'air contrarié… Qu'est-ce que vous faites là ?

— En effet, ce doit être urgent car ce n'est pas votre habitude de venir ainsi, reprend Emma.

Chacun peut remarquer que M. Émile semble quelque peu tendu.

Sous les regards indiscrets, Louis l'entraîne à l'intérieur de la maison et ferme la porte.

— Que se passe-t-il, bon sang ? demande-t-il, à la fois inquiet et agacé.

À mots couverts, M. Émile annonce qu'il doit prendre le train dans une heure pour Paris, et qu'il devait absolument le prévenir parce que Louis est attendu à Talairan vers 8 h 30 demain matin pour livrer un paquet à l'endroit habituel et qu'il devra apporter des documents chez Augustin.

— Voilà, c'est tout, et je suis encore navré de t'avoir importuné, mais je ne peux te contacter autrement. Surtout sois prudent, et bonne chance pour demain.

Les deux hommes se saluent, et M. Émile quitte les lieux par une porte située sur le côté de la maison, afin d'éviter de déranger Emma et leurs invités.

Louis est mal à l'aise. Encore une fois, il va falloir mentir. Il prend une profonde inspiration afin de chasser ses angoisses et retourne auprès des siens. Emma, au-dessus des épaules de son frère, lit les dernières nouvelles du quotidien qui traîne sur la table.

— M. Émile est déjà parti ? interroge-t-elle, quelque peu surprise.

— Oui, il avait à faire et surtout ne voulait pas nous déranger plus.

Josie, assise sur une chaise, jambes et bras croisés, semble agacée, à la façon qu'elle a de faire pianoter sur son bras gauche les doigts de sa main droite.

— C'est bien malheureux, ce qu'il se passe en Espagne ! réplique Lucien, brisant ainsi le silence.

— Oui… Hélas, nous ne pouvons rien leur apporter, répond Emma, tristement. Même nos gouvernants les ont laissés tomber !

— On ne peut pas tout de même supporter toutes les calamités du monde, reprend Josie. Moi, je dis qu'heureusement que nous restons neutres. Ça ne nous regarde pas.

— Mais enfin, ma chérie, nous sommes catalans. Ce sont nos frères que l'on assassine en ce moment !

— Nous, les Audois, des Catalans ! Depuis quand ? Je ne me sens pas du tout l'âme catalane, mais plutôt occitane. Ce qui arrive en Espagne est un problème espagnol, un point c'est tout.

— Eh bien, moi, ma chère, je suis catalan. Le Languedoc-Roussillon faisait partie de la Catalogne jusqu'à Toulouse au début du XIIIe siècle et appartenait au royaume d'Aragon et, si des guerres successives ont hélas séparé notre territoire de la Catalogne, je ne me sens pas moins catalan !

Lucien retient une colère sourde qui gronde en lui, et poursuit :

— Et si je pouvais, de quelque manière que ce soit, les aider dans leur lutte, je le ferais !

— Ça, je veux bien le croire ! Eh bien, vas-y, va soutenir cette populace et ces chiens de républicains ! réplique-t-elle d'une manière acide.

Louis conçoit que son beau-frère soit consterné. Emma et lui ont eu une éducation fondée sur le respect de l'autre, le respect de la justice et des droits de chacun. Leurs parents,

sans étiquette politique et libres penseurs, croyaient en la bonté de l'homme, malgré ses travers et ses turpitudes. Il entend encore Emma répéter les paroles de son père :
— Mes enfants, soyez à la hauteur de celui qui vous respecte, et vous construirez l'édifice de la paix, de la justice et de la démocratie.

Louis veut couper court à la querelle qui s'annonce et propose une partie de belote.
— Non, répond Josie. Il va être temps que nous rentrions.
— Et voilà… quand on s'oppose à ses idées, ça dérange madame ! riposte Lucien, fatigué des caprices de sa femme.
— Mais vous avez encore le temps, enchaîne Emma.
— Je veux rentrer. Il fait très chaud et je suis fatiguée.
Emma lève un sourcil désabusé.
Josie agrippe son sac, met son chapeau de grande dame de la ville et se dirige vers la voiture en envoyant un au revoir à la volée.
Lucien retient sa respiration, serre les poings, embrasse Louis et Emma et ajuste son couvre-chef.
— Vous embrasserez les pitchounes pour nous !
— Adieu, Lulu. Ne t'en fais pas, viens quand tu en as envie, d'accord ?
— Merci, Emma, à bientôt.

Louis et Emma, les bras entrelacés, regardent la voiture s'éloigner.

— Mais pourquoi a-t-il fallu qu'elle tombe sur Lucien ? Tu as vu comme il a l'air malheureux ! Lui qui est d'une nature pleine de vie...

Comme il le fait quand il sent sa femme triste, Louis la prend dans ses bras et la berce comme un petit enfant. Il sait combien l'attitude de Josie la blesse.

Depuis deux ans que Lucien et Josie se sont unis, pas une fois Louis et Emma n'ont été les bienvenus chez eux. Josie évite de les rencontrer et, quand elle ne peut pas faire autrement, ce n'est jamais dans leur grande maison au sud de Narbonne. Elle ne souhaite pas voir le bois précieux de son parquet abîmé par les piétinements incessants de la turbulente marmaille.

— Au fait, que voulait M. Émile ?

— Oh, simplement me donner l'adresse du lieu de mon prochain chantier.

— Et ça ne pouvait pas attendre demain ?

— Non... Demain il doit partir tôt pour se rendre dans sa famille.

A-t-il réussi à tromper une nouvelle fois Emma ? Il semble que oui. Sans attendre, elle reprend le cours de ses idées et finit par lui confier que Josie a eu une étrange réaction lorsque M. Émile s'est entretenu avec lui. Elle s'est alors levée, puis s'est approchée de la porte et a semble-t-il essayé de suivre la conversation qui se déroulait derrière. Emma ne s'est pas aperçue tout de suite du manège, mais Lucien, si, et il lui a demandé si elle voulait participer à leur entretien. Alors Emma a vu sa belle-sœur, le visage cramoisi, se retirer de l'embrasure et retourner s'asseoir.

— Ah… Je comprends mieux la colère de Josie ! dit-il en secouant la tête.

16 août 1937, 8 heures du matin

Louis se rend à Talairan. Il commence à être habitué à ce genre d'excursion. Mais il a passé une mauvaise nuit, due à la chaleur puis à l'orage qui a éclaté vers trois heures du matin. Une pluie violente s'est alors abattue. Le vent déchirait la nuit de ses sifflements lugubres. On entendait le bois de la maison se plaindre sous les coups de boutoir des bourrasques. Ce matin, la route est mouillée et, par endroits, de grandes flaques inondent la moitié de la chaussée. Il doit rouler prudemment.

Devant la maison, son père l'accueille sur le perron.

— Adieu, fiston… Tu as fait bonne route ?

— Oui, papa, répond Louis en embrassant son père.

Il est si fier de lui. C'est Augustin qui, le premier, s'est lancé dans la bataille. Jamais il n'aurait pu penser que son père soit quelqu'un de si pugnace. Il semblait si fragile après la perte de sa femme. Mais peut-être que ce combat l'aide à tenir debout.

— Entrons, dit-il en pénétrant dans la cuisine, il nous attend.

— Il est déjà arrivé ! constate Louis, perplexe.

— Oui, François se sent surveillé et il a préféré changer l'horaire… Voici Peter Logan, de la centurie Sacco et Vanzetti.

Les deux hommes se serrent la main. Louis ne connaît pas bien cette centurie, si ce n'est qu'il s'agit d'une des centuries constituant la Colonne Durutti. Il observe un instant son homologue américain, qui finit de fumer sa cigarette tout en buvant un gobelet de café. Peter ne doit pas comprendre la langue car il ne porte guère attention à la conversation…

— Peter doit rencontrer le commandant de cette section pour l'acheminement des avions de combat en partance de France, auprès de la République espagnole… et tu dois me rapporter des documents sur l'armée allemande. Tu vois, fiston, tu as une mission chargée… Alors il vous faut partir au plus tôt et surtout soyez vigilants.

Louis a bien reçu le message. Il avale rapidement un café brûlant puis, après un Adieussiatz à son père, fait installer l'Américain sur le siège passager de sa motocyclette, qu'il chevauche à son tour.
Alors qu'ils roulent tous deux vers une même destinée, Louis ne peut s'empêcher de penser aux siens, sa femme, ses enfants, son père. Si malheureusement une guerre devait éclater, que deviendraient-ils ? Comment vivraient-ils ? Il était enfant pendant la guerre de 1914, mais assez âgé tout de même pour s'apercevoir combien les hommes, les femmes et même les enfants ont souffert. Aura-t-il assez de bravoure

pour soutenir et protéger les siens ? Il est si facile de se dire vaillant quand le danger est loin ! Pire que la douleur est la crainte de perdre ceux à qui l'on tient.

Aucun incident n'a été déploré pendant le trajet. Mais en arrivant à Figueres, ils ont pu observer que l'atmosphère avait changé. On entendait des bruits lointains de tirs.

— Vous avez subi des attaques ? demande Louis, alors qu'ils suivent Pilar dans la cuisine.

— Tenez, asseyez-vous, leur dit-elle.

Louis fait signe à l'Américain de prendre une chaise.

En silence, Pilar leur présente deux tasses fumantes du breuvage noir qui les réconforte de leur longue route. Elle a le visage fatigué et fermé. Louis a l'impression qu'elle ne veut pas parler. Elle paraît lasse, accablée. Elle s'assied à son tour et porte le café chaud à ses lèvres.

— Il y a un problème ? lui demande Louis.

Il s'est aperçu que la commune est morte, que les gens se cachent ! Mais n'est-ce pas normal, vu le contexte ?

— Il y a quelques jours, nous avons retrouvé les corps sans vie de cinq de nos jeunes qui se sont engagés dans le maquis. C'était une poignée de gamins, âgés de 15 à 18 ans, et nous n'avons rien pu faire. Ils ont été torturés et massacrés. Ils ont été abandonnés au bord d'une route près de Barcelone.

Pilar fond en larmes. Peter n'a pas tout compris, mais il se rend compte de la situation conflictuelle. Louis ne sait que dire pour la réconforter. Il se doute combien elle se sent inutile face au malheur.

— Combien de vies encore cette maudite guerre va-t-elle prendre ? Combien de cœurs va-t-elle encore briser ?

Elle sort un mouchoir de sa poche et s'essuie les yeux.

— Excusez-moi, tente-t-elle d'exprimer entre deux sanglots.

Deux coups brefs, suivis après quelques secondes d'un troisième, se font entendre. Pilar se lève et va ouvrir. C'est José qui vient chercher Peter. Louis se lève à son tour pour le saluer. Il admire beaucoup le courage et la détermination de cet homme. C'est un Français engagé volontaire. Il a laissé femme et enfants à Paris pour venir soutenir les troupes républicaines.

— Here your driver, Peter, énonce la maîtresse des lieux.

— Oh.

La réponse de Peter est brève. Il n'a qu'une hâte, retrouver ses compagnons des brigades internationales...

José remet quatre microfilms à Louis, qui sait ce qui lui reste à faire

— Are you ready, Peter ? demande José dans un anglais approximatif.

Peter hoche la tête.

— Nous devons partir immédiatement, les routes sont de moins en moins sûres.

— C'est à ne plus rien y comprendre, dit José, qui continue d'exposer les faits. À Barcelone, on tue ou on emprisonne à tour de bras. Des milices républicaines ont été formées pour combattre tout traître à la cause ou soi-disant traître. Pas plus tard qu'hier, on a appris la mise à sac d'un village près de Barcelone, ayant entraîné la mort d'une vingtaine de personnes et le pillage et l'incendie de leurs maisons parce qu'elles étaient soupçonnées d'aider l'ennemi, sans preuve tangible. Et dernièrement, on les a informés que le Poumiste, Andrés Nin, le partisan des ouvriers et des paysans, a disparu depuis trois mois.

— C'est terrible, alors qu'elle s'est engagée à aider les républicains, on a le sentiment que l'Union soviétique fait tout pour déstabiliser les différents partis ! conclut-il.

Puis s'adressant à Louis :

— Bon retour à toi et à bientôt… Au revoir, Pilar.

Il fait signe à Peter de le suivre. Celui-ci donne une poignée de main à ses amis d'un jour en leur envoyant un « Thank you very much ».

Louis jette un œil au cadran de sa montre et surprend Pilar, qui le considère avec mélancolie. Chaque fois, c'est la même chose, ils n'ont que peu de temps à partager… Pourtant elle a besoin de lui parler. Ça lui fait du bien, elle se sent moins seule dans cet enfer.

— Un autre café avant de reprendre la route ? lui propose-t-elle.

— Oui, mais il ne faut pas que je traîne.

Pilar a de plus en plus peur pour lui et pour elle. La guérilla se rapproche. Son auberge est de moins en moins sûre, elle craint que certains de ses concitoyens ne la trahissent.

— Tu sais, la plupart parmi eux ne savent plus que croire ni qui croire. On entend tant de choses, il se passe tant d'atrocités. Ils ne savent plus à qui faire confiance… Moi-même, je ne le sais plus !

Louis n'est pas surpris de ce langage. Elle a raison. Les ouvriers et les paysans espagnols ont pris les armes pour défendre une Espagne plus égalitaire mais ils étaient loin de se douter que les partis en place, qu'ils soient socialistes, communistes ou anarchistes se fourvoieraient au point d'en arriver à de tels extrêmes. Certes l'URSS soutient la République espagnole mais en profite pour imposer ses directives, le NKVD, sa police politique, traque les partisans qui refusent de se plier à sa loi ! Et aujourd'hui, il craint pour la sécurité de Pilar.

— Si tu as le moindre doute ou sentiment de danger, fais-le-moi savoir et je viens te chercher.

— Je pense que je n'en suis pas encore là, mais je vais être sur mes gardes, et puis on a encore besoin de moi ici.

— Tu as peut-être de la famille en France si ta mère était française ?

— Oui, d'après ce qu'elle m'en a dit, du côté de Marseille…

Pilar s'interrompt un instant, songeuse. Que la France lui paraît loin. Ils ne sont qu'à une petite trentaine de kilomètres de la frontière, mais c'est comme si elle était sur une île perdue au milieu de l'océan, sans repère, sans moyen qui lui permette de retrouver un monde civilisé. Elle a la peur au ventre mais elle sait que son destin est ici. Son mari, sa mère sont enterrés là, et elle ne peut ni ne veut les laisser.

— Si tu dois partir, ce ne sera pas forcément définitif, tu reviendras quand tout sera rentré dans l'ordre.

Il poursuit en lui demandant de plus amples informations sur son père, avançant qu'il pourrait retrouver sa trace ou du moins celle de sa famille et ainsi préparer plus facilement sa venue en France.

— Quel âge aurait-il maintenant… Tu le sais ?

— Maman aurait eu 57 ans cette année et mon père, 64, étant donné qu'elle m'avait dit qu'il avait sept ans de plus qu'elle.

— Tu as son nom ?

Pendant qu'elle parle, le regard lointain, Louis remarque les perles d'eau qui poursuivent le sillon de ses joues blêmes. Elle n'aurait jamais pu s'imaginer que son pays serait un jour la proie des larmes et du sang, de la trahison et de la persécution.

— Il s'appelait Vittorio, c'est tout ce que j'en sais. Elle l'a connu à Marseille. Elle arrivait de Paris pour habiter chez une tante après la mort de ses parents. Elle était toute jeune, 17 ans.

Elle lui révèle que son père aurait quitté sa mère pour se marier. La colère l'habite de savoir qu'il fréquentait alors deux femmes à la fois. Sa mère a beaucoup souffert de cette séparation car c'était son premier et unique amour. Jamais elle ne lui a dit de mal de son père et l'a même excusé. Pilar respecte profondément sa mère, et son absence a laissé un grand vide.

— Ton père devait aimer ces deux femmes, tente d'expliquer Louis pour la consoler. Tu sais, il n'a sûrement jamais appris ton existence.

— C'est certain même.

Il lui demande davantage de précisions sur la tante de sa mère. Elle lui notifie qu'elle s'appelait Simone Ferrière mais ne sait bien sûr si elle est toujours de ce monde puisque sa mère avait abandonné tout lien avec elle.

— Pilar… Il faut que je parte maintenant. Je te promets de faire des recherches.

Elle a un regard nostalgique. Il sait combien sa situation est délicate. Louis la serre dans ses bras. Il l'aime profondément, et ressent comme un besoin de la protéger.
Une affection fraternelle s'est emparée de lui.

16 août 1937, 20 h 30

Louis descend de sa moto, il a les jambes qui tremblent, il est éreinté. Il fait irruption dans la cuisine, où Emma semble l'attendre avec impatience.
— Quand même, lui dit-elle d'un ton peu amène… Je commençais à m'inquiéter.
— Excuse-moi, ma galinette… La route a été longue.
Elle sait que les allers et retours à Talairan deviennent pénibles à la longue, surtout après une journée de travail, et même si M. Émile le laisse partir un peu plus tôt. Elle ajoute qu'ils devraient y aller ensemble un dimanche de temps en temps, ce qui permettrait de passer la journée chez beau-papa afin que Louis l'aide dans ses gros travaux de même qu'elle lui ferait son ménage, assistée des enfants, comme au moment des vendanges.
Louis reste coi. Pourra-t-il lui dire la vérité un jour ? C'est difficile pour lui de cacher ses actions ; ils se sont toujours montrés loyaux l'un envers l'autre… Et peut-être même qu'un

jour quelqu'un lui dira avoir vu Louis dans un endroit où il ne devrait pas être ! Un frisson le parcourt en pensant à la scène.

— Je vais y réfléchir.

— Allez zou, reprend-elle, rafraîchis-toi et on passe à table.

Peu après, devant la soupe, Louis contemple sa femme du coin de l'œil et se demande pourquoi elle semble si nerveuse. Il a cru déceler dans sa voix tout à l'heure un peu de tension. Ce n'est pourtant pas dans ses habitudes. Certes, il est arrivé tard mais quelque chose d'autre la contrarie. Il se décide à lui en faire part. Manifestement, Emma a le cœur lourd, mais ce qu'il va entendre risque de le laisser perplexe, le prévient-elle. Elle remontait à bicyclette la rue du Vieux-Colombier, où se trouve l'appartement cossu des de la Châtelière. Elle se pressait. Elle était en retard et n'aime pas cela. La ponctualité est une qualité importante pour elle. C'est une marque de déférence pour celui qui attend.

Elle a accompagné les enfants prendre le car le matin pour Béziers, où les attendaient leur grand-tante et leur grand-oncle, chez qui ils vont passer une dizaine de jours. Ils vivent dans un hameau pittoresque, accroché à flanc de colline, Escagnès. Ils sont viticulteurs mais ont également quelques chèvres, du lait desquelles ils font des fromages, et une basse-cour. Pour les enfants, c'est le paradis. Bien qu'ils doivent participer aux divers travaux de la ferme, ils sont toujours heureux de faire un séjour chez « tata Lili et tonton César ». De plus, la Méditerranée n'étant pas loin, César est heureux de les promener dans sa traction jusqu'à la mer.

Heureusement, Mme de la Châtelière n'attendait Emma que pour dix heures ce matin-là.

Arrivée à destination, elle ouvrit, poussa la lourde porte de bois à deux battants et avança sous le porche. Puis elle emprunta l'allée pavée traversant la cour intérieure engazonnée et agrémentée de massifs de toute beauté, où se mêlent les différents tons de rosiers odorants. Elle atteignit la porte de service. Là, elle déposa son vélo et entra.

— Eh bien, répliqua Mme de la Châtelière, qui visiblement s'apprêtait à sortir, c'est la première fois que vous arrivez avec dix minutes de retard ! Enfin, le principal est que vous soyez là.

— Bonjour, madame. En effet, j'ai dû mettre mes enfants au bus avant de venir.

— Peu importe… Je vous laisse à vos occupations, je dois me rendre à la banque et, moi aussi, si je continue je vais être en retard.

Et elle s'éclipsa dans un tourbillon de parfum.

Emma s'attela à sa tâche. Elle accomplit son travail avec ferveur. D'autres trouveraient cela ingrat ou ennuyeux ; Emma, elle, se dit qu'elle a beaucoup de chance de travailler dans un environnement aussi luxueux, de toucher des matières nobles, d'admirer les toiles de grands maîtres accrochées aux murs, d'entendre les notes s'égrener lorsque Mme de la Châtelière joue un morceau au piano, de sentir les parfums des bouquets qu'elle dispose dans des vases précieux... Elle se sent bien chez Mme et M. de la Châtelière, qu'elle affectionne particulièrement.

Il était quatre heures de l'après-midi lorsque Emma ouvrit le battant de la grosse porte du porche pour sortir de la propriété des de la Châtelière. Sa journée finie, il faisait beau, elle souhaita rentrer tranquillement pour profiter du soleil. Au moment où elle enfourcha son vélo, elle aperçut sur le trottoir d'en face une silhouette qu'elle semblait bien connaître.

Aussitôt, descendant de sa bicyclette, elle recula à l'intérieur, dans l'ombre du porche pour se dissimuler, à l'abri des regards. Elle se tapit contre le mur et observa le couple du trottoir d'en face qui s'apprêtait à entrer dans l'hôtel trois étoiles, « Terre de Soleil ».

Emma reconnut Josie coiffée de son grand chapeau... mais l'homme qui l'accompagnait n'était pas Lucien. Il avait l'air plus âgé. Il portait des vêtements de bonne facture, et un panama beige couvrait sa tête. Josie était très à son aise et riait sans discrétion.

Enfin, ils disparurent derrière la porte massive de l'hôtel.

Comme l'avait dit Emma, Louis est perplexe devant cette révélation.

— Tu es sûre qu'il s'agit bien de Josie ?

— Louis, je sais ce j'ai vu !

— Tu comptes en informer Lucien ?

— Qu'est-ce que tu en penses, toi ?

— Peut-être vaut-il mieux être vraiment sûrs.

— C'est ce que je pensais. Je vais attendre d'en savoir davantage ; après tout, ce n'est peut-être qu'un ami.

— Oui… enfin… voir un ami dans un hôtel, c'est tout de même suspect.

III

Jeudi 16 septembre 1937

Louis vient de quitter la maison et se dirige vers l'atelier de M. Émile. Voici trois semaines qu'il n'a pas bougé et, par conséquent, n'a aucune nouvelle de Pilar.

La semaine dernière, son patron lui a permis de téléphoner à la mairie de Marseille afin d'en savoir un peu plus sur la dénommée Simone Ferrière. Ainsi a-t-il appris qu'il y avait trois personnes portant ce patronyme à Marseille. Il pouvait contacter deux d'entre elles par téléphone. La troisième, trop âgée se trouvait en hospice.

La première personne qu'il appela ne connaissait pas Pilar. D'ailleurs, la voix qui lui répondit était somme toute assez jeune, peut-être trop jeune pour être la grand-tante de son amie.

Après s'être excusé du dérangement, Louis raccrocha prestement pour faire le second numéro.

— Madame Simone Ferrière ?

— Oui, qui est à l'appareil ?

L'intonation était loin d'être chaleureuse. Louis s'empressa de donner les détails de son appel, espérant être chez la bonne personne. La réponse se fit attendre. Louis sentait une hésitation de la part de son interlocutrice. Il l'imaginait grande, maigre, les cheveux gris tirés en un chignon étriqué, la mine sévère, les lèvres pincées et le teint terne.

— Mon Dieu, oui, répondit enfin la voix. Et pourquoi souhaitez-vous savoir cela ?

— Parce qu'il y a possibilité que je connaisse la fille de votre nièce.

— Ainsi elle a eu une fille ?!

Simone Ferrière lui rapporta que, deux semaines après son départ, elle reçut une lettre de sa nièce, lui confirmant qu'elle avait quitté la France pour l'Espagne, qu'il ne fallait pas qu'elle s'inquiète car elle prenait sa vie en main. Bien qu'elle sût que sa nièce était enceinte, elle ne pouvait que désavouer son attitude. Elle l'avait prise sous sa tutelle, elle aurait dû respecter cela et ne pas se conduire comme elle l'avait fait.

— Ne pensez-vous pas, monsieur ?

— Peut-être, répondit Louis, gêné… Il y a possibilité que sa fille revienne en France. Souhaiteriez-vous la rencontrer ?

C'est un silence plombé qui lui répondit à l'autre bout du fil.

— Je vous vois venir, déclara Simone Ferrière, excusez-moi mais il n'est pas question pour moi de recevoir et encore moins héberger, car c'est ce dont il s'agit n'est-ce pas, une enfant qui m'est totalement étrangère.

— Mais enfin, madame, c'est votre petite-nièce tout de même !

— Oui, mais elle a aussi un père, non ? Alors voyez du côté de la famille de son père.

— Je n'ai aucun nom et aucune adresse pour chercher ! répliqua Louis d'un ton peu amène.

— Je n'ai pas de nom non plus, je sais juste qu'il avait un prénom italien… Attendez… Vittorio je crois, ou un nom comme ça et qu'il travaillait sur le pont transbordeur de Marseille qu'il a fini par quitter pour Montpellier. Si je me souviens bien, d'après ce que m'en avait dit ma nièce, il devait être à l'entretien des locomotives… C'est tout ce que je peux vous dire. Au revoir, monsieur.

Cette fois, le combiné fut raccroché avant que Louis ne fasse ses salutations.

Bien que déçu, il avait récolté un second indice et pas des moindres au sujet de Vittorio. Il travaillait aux Chemins de fer de Montpellier, prochaine étape de ses recherches.

À son arrivée, Louis note que son patron l'attend, une petite sacoche à la main. Après la poignée de main traditionnelle, M. Émile lui souligne qu'il doit prendre le train pour se rendre à Toulouse et fera l'aller-retour dans la journée.

— Que se passe-t-il ? demande Louis devant son patron visiblement secoué.

— François Battisti a été retrouvé mort dans un bosquet, à la sortie de Carcassonne. Il a été exécuté d'une balle dans le cœur et fini d'une autre dans la nuque.

Louis est remué par la nouvelle. Il pense au réseau Melchior, et à ses agents.

— A-t-il été torturé ?

— Je n'en sais pas plus ; c'est pour cela que je pars. Je te confie l'atelier et vois avec Marcel les taches que vous avez à faire.

Tout semble s'accélérer. D'abord l'attentat de l'aérodrome de Toussus-Lenoble d'où devaient partir les avions pour l'Espagne fin août, puis les attentats place de l'Étoile à Paris ce 11 septembre, maintenant cet assassinat.

Son père lui avait dit que François se sentait surveillé. Mais surveillé par qui ? Et si François était surveillé, peut-être était-ce le cas pour son père et pour lui. S'il devait arriver quelque chose à son père, Louis ne le supporterait pas. Il faut absolument qu'il se rende à Talairan. L'angoisse, celle qu'il a s bien connue lors de son enfance, le tenaille… Marcel va pouvoir se passer de lui cette matinée.

16 septembre, 10 heures du matin

Louis parvient aux portes de la propriété de son père. Il entre dans la cour, descend de sa machine et passe le seuil de la porte d'entrée de la maison. Tout semble calme. Le silence lui fait écho. Louis appelle son père, monte à l'étage et redescend sans trouver la trace d'Augustin. Il se décide à sortir et va visiter un premier chai. Personne.
Un tracteur se fait alors entendre et franchit le portique. Louis, enfin soulagé, rejoint son père. Une fois descendu de l'engin, celui-ci, inquiet de voir son fils si agité, lui demande ce qui l'amène.
— Papa, j'ai eu si peur… Je n'ai pas pensé un instant que tu pouvais être dans tes vignes !
— Et alors, où voulais-tu que je sois ?
Louis prend une profonde inspiration afin de baisser le rythme affolé de son cœur.
— Tu as appris pour François ?
— Hélas oui, j'ai appris la nouvelle ce matin. Mais tu sais, mon petit, c'est le sort de chacun d'entre nous, à partir du moment

où l'on fait partie d'un réseau tel que le nôtre, il faut s'attendre à des représailles !

— Mais je ne veux pas qu'il t'arrive quelque chose !

— Allons, mon garçon, ce que nous faisons, nous le faisons parce que nous savons que nous agissons pour la bonne cause, que ce soit pour l'Espagne ou pour la France. Notre pays est en danger, un danger imminent. Ce n'est pas le moment de baisser les bras ! Soyons fiers de nos actions et ne pensons à rien d'autre !

Augustin entoure les épaules de Louis d'un geste protecteur et l'entraîne à l'intérieur de la maison.

— Allez zou, mon fils, viens boire un coup à notre santé, à l'Espagne et surtout à la France !

Sur la route du retour, Louis réfléchit aux paroles de son père. Il a raison, rien ne sert d'avoir peur, le danger est aujourd'hui partout. Le seul moyen de le contrer est de lui faire face. Il faut montrer à ceux qui bafouent la démocratie et la liberté qu'il y a encore des braves pour s'opposer aux mystificateurs. L'affrontement se fera de plus en plus dur, et le vrai courage, celui qui mène à la victoire, n'est pas tant d'affronter ses ennemis, mais bien de combattre ses propres frayeurs.

Mardi 26 octobre 1937, 2 heures de l'après-midi

Avec la permission de M. Émile, Louis ne travaille pas cet après-midi. Il a enchaîné plusieurs missions ces dernières semaines, et son patron s'est montré compréhensif, lui proposant un repos bien mérité.

Ce que M. Émile ne sait pas, c'est que Louis est de nouveau sur la route mais pour rejoindre Montpellier, cette fois. Toujours à la recherche du père de Pilar, il a appelé la gare de Montpellier–Saint-Roch et pris rendez-vous avec le chef du personnel. Tout en roulant, il espère enfin trouver un indice qui lui permettra d'en savoir davantage sur Vittorio et peut-être retrouver de proches parents prêts à recueillir Pilar. Mais il lui manque un atout majeur, le patronyme de Vittorio. Il verra bien, de toute façon, il faut qu'il essaie.

— Bonjour, monsieur Lastenouse, entrez, je vous en prie.

L'homme d'un âge certain qui le reçoit est de petite taille et ventripotent, avec un visage rubicond surmonté de lunettes rondes aux verres épais qui lui font les yeux tout petits. Il lui présente un siège face à son bureau.

— Bonjour, monsieur, répond-il en s'asseyant.

— En quoi puis-je vous être utile ?

— Eh bien, voilà…

Louis présente les faits en essayant de dater les évènements par rapport à ce que le lui en a dit Pilar et sa grand-tante, Simone Ferrière.

Le bonhomme l'écoute avec intérêt, en acquiesçant de la tête ou en soulevant ses sourcils d'un air curieux.

— Donc, si je résume, vous recherchez un certain Vittorio, sans nom de famille qui aurait commencé dans ce service il y a environ trente-cinq ans. D'après le prénom, serait-il d'origine italienne, car les dossiers des immigrants sont à part ?

— Je ne crois pas, ou alors ses parents ou grands-parents.

— Bon, je vais vous demander de patienter un moment dans la salle à côté.

Depuis une bonne trentaine de minutes, Louis attend dans cette pièce exiguë, avec pour toute distraction un journal posé sur une tablette, d'un coin de la salle. Il est en train de le lire pour la seconde fois lorsqu'il entend son nom.

— Monsieur Lastenouse...

Le chef du personnel l'interpelle. Il a recherché dans les dossiers des ouvriers étrangers, et rien ne correspond aux dates éventuelles. Il parachève l'entretien en disant qu'il consultera les archives des dossiers du personnel français et qu'il lui fera part de la conclusion de ses recherches par courrier.

— Pouvez-vous me noter votre adresse ?

Louis ne veut rien dévoiler à Emma pour le moment et donne l'adresse de M. Émile.

— Je vous remercie sincèrement, monsieur. Vous savez à peu près quand j'aurai des nouvelles ?

— D'ici une quinzaine de jours, je pense que vous aurez vos informations.

Louis serre la main de son informateur et se retire.

Il se sent soulagé de toucher au but. Bientôt, il connaîtra l'identité du père de Pilar et peut-être, enfin, pourra-t-elle venir vivre en France…

Le chemin du retour semble beaucoup moins long que l'aller. C'est toujours comme ça, même lors de ses missions. Il sourit intérieurement et se dit que sa bécane est comme un cheval qui s'empresse de rentrer à l'écurie, où une ration d'avoine l'attend.

Enfin chez lui, il passe le portail puis va ranger sa moto sous le petit hangar adossé à la maison. Là, il laisse son casque et sa veste accrochés à une patère.

Il pénètre dans la maison. Emma est en train d'éplucher les légumes pour le dîner. Il s'approche d'elle et se penche pour l'embrasser quand arrivent à grands cris et bousculades les garnements. Chacun quémande un baiser de leur père. Puis ils s'échappent dans une tornade de rire et de bruit.

Emma a à peine levé les yeux. Louis remarque le visage grave de sa femme.

— Eh bien, ça ne va pas, Emma ? Tu m'as l'air bien songeuse !

Elle pose son couteau, s'essuie les mains à son tablier…

— Excuse-moi, Louis, mais je ne suis pas dans mon assiette… Je dors mal depuis quelque temps et mon travail chez les de la Châtelière s'en ressent. Aujourd'hui particulièrement.

Voyant l'intérêt de son mari pour son discours, Emma continue…

Elle a fait son travail comme à l'accoutumée, mais sans entrain. Madame et monsieur ont reçu deux visiteurs, américains, conviés à rester pour quelques jours, peut-être une ou deux semaines. À la demande de Mme de la Châtelière, Emma a préparé deux des huit chambres situées à l'étage.

Cependant, elle trouve curieux que, depuis plusieurs semaines, il y ait beaucoup de va-et-vient chez ses patrons. Ses tâches s'en trouvent alourdies. Madame a compris qu'elle n'était pas au meilleur de sa forme et lui a permis de partir plus tôt.

Chemin faisant, songeuse, Emma n'a pas vu le couple arriver à sa hauteur et les a heurtés brusquement de la roue de son vélo.

— Pardon, je suis navrée, vraiment excusez-moi ! dit-elle en sursautant, je ne vous avais pas vus !

Alors qu'elle prononçait ces mots, elle vit la femme qui la toisait, avec son grand chapeau de ville. Elle était accompagnée d'un homme plus âgé, au regard bleu profond.

— Mais faites donc attention la prochaine fois, madame ! lui répondit la femme sèchement, puis, sans en dire plus, elle et son compagnon continuèrent leur route.

Emma s'est dit que Josie avait fait mine de ne pas la connaître. Elle n'a pas cherché à lui faire croire qu'il s'agissait simplement d'un ami en les présentant l'un à l'autre. Elle en déduisit que sa belle-sœur avait quelque secret. Quel stratagème allait-elle imaginer pour donner le change à leur prochaine rencontre ?

Lucien… Il fallait qu'il sache. Pourtant, elle a mal d'être l'oiseau de mauvais augure qui va annoncer le malheur.

Emma réfléchit. Elle ne peut décidément pas être la cause de la peine de son frère !

Louis reprend la parole, en essayant d'être objectif, et lui demande d'arrêter de se tourmenter avec cette situation qui n'est pas une preuve suffisante que Josie ait un amant.

— Mais enfin ! répond-elle circonspecte, le fait qu'elle ait fait semblant de ne pas me connaître est suffisant pour moi… car pourquoi cacher une relation amicale ?

— C'est vrai… c'est très délicat tout ça.

Comme il sait le faire, Louis la prend dans ses bras puis entreprend de la cajoler doucement.

— Écoute, ma chérie, attendons encore un peu et voyons comment se comporte Josie. Il sera toujours temps de parler à Lucien. Tu veux bien ?

Emma est hésitante. Lucien ne mérite pas un tel mépris et, en même temps, il faut être sûr de soi avant de divulguer la vérité.

— Entendu, répond-elle, un peu rassurée… Tu me fais tellement de bien, mon Louis, tu as toujours les bons mots… Merci.

Louis est ravi d'avoir un tant soit peu soulagé le cœur lourd de son Emma, elle est si émotive. En tant qu'aînée, elle se sent responsable de son frère, même adulte. Elle l'a toujours protégé. Enfant déjà, elle préférait se faire gronder par ses parents plutôt que de dénoncer les bêtises de Lucien. Elle est comme ça, Emma. C'est la douceur même. Mais il connaît bien sa femme. Elle est obstinée et va vouloir trouver la vérité. Elle ne va pas endurer longtemps le supplice de ne pas savoir si oui ou non, l'homme qu'elle a vu avec Josie est son amant

Été 2015

Une femme est assise auprès d'un lit dans lequel est installé son fils, dont la lividité du visage ressort à peine au milieu des draps blancs.

Voici quatre jours maintenant qu'Alexis est hospitalisé ; un traumatisme crânien l'a plongé dans un coma profond et sa jambe gauche a une double fracture. Il est intubé ; une machine l'aide à respirer, et surveille ses battements cardiaques pendant que des flacons accrochés aux potences du lit diffusent un traitement analgésique, l'hydratent et le nourrissent.

C'est un déchirement d'impuissance, une douleur indéfinissable, que ressent cette mère. Combien elle souhaiterait être à la place de son enfant… Ce n'est pas à lui de souffrir ainsi, il a la vie devant lui alors qu'elle est à l'automne de la sienne. Bien que peu croyante, chaque jour, elle prie que Dieu lui laisse son fils, quitte à ce que ce soit sa vie qu'il prenne si, du haut de sa divinité, Dieu a besoin de ravir une existence.

Deux coups frappent à la porte. Céline, l'épouse d'Alexis vient d'entrer. Après avoir serré sa belle-maman contre elle, elle va déposer un long baiser sur la bouche de son amour.

— Vous pouvez y aller, Mireille, je prends le relais. Vous pourrez aller chercher les titis au centre de loisirs ?

Mireille acquiesce d'un signe de tête, prend ses affaires, embrasse son fils et le laisse aux bons soins de sa femme. C'est une personne remarquable, Alexis ne pouvait rêver mieux, surtout en de telles circonstances. Elle part l'esprit tranquille.

Céline s'assied à la place de Mireille, pose sa tête sur la poitrine d'Alexis et écoute les battements de son cœur qui réchauffent le sien. Elle se met à pleurer tout doucement. Quand se réveillera-t-il ? Et se réveillera-t-il seulement ? Que dire à ses deux petits bouts qui, chaque jour, demandent si leur papa va bientôt rentrer. Le médecin a dit qu'il fallait garder l'espoir tant que la semaine n'était pas écoulée… Alors elle guette chaque signe que peut lui renvoyer le corps d'Alexis. Le médecin a dit qu'il fallait lui parler, ceci pouvant inciter Alexis à reprendre conscience. Alors Céline lui conte le déroulement de sa journée, en lui massant les mains.

Parfois elle se laisse aller à la somnolence, bercée par le bruit monotone du respirateur. À son réveil, elle culpabilise d'avoir abandonné un temps Alexis. C'est si dur de le voir ainsi. Si dur de ne pouvoir l'aider, de ne pouvoir le soutenir davantage, de le savoir sans défense, vulnérable.

Pourquoi est-ce arrivé à Alexis ? Lui qui est si doux, honnête et travailleur, qui ne ferait pas le moindre mal à une mouche, lui pour qui la famille représente le bien le plus précieux et qui se contente d'un bonheur simple… Quelle injustice !

— Alexis, mon amour, je t'en conjure, ne nous laisse pas, reviens à nous, nous avons tant besoin de toi.

IV

Mercredi 10 novembre 1937

Aujourd'hui, n'ayant pas beaucoup de travaux en prévision, Louis en profite pour ranger et nettoyer le vieux camion. Il vérifie chaque matériau, remplace ceux manquant et inventorie chaque rondelle, chaque vis dont il aura forcément besoin lors des jours prochains. Absorbé, il n'entend pas le bruit des pas de son patron.

— Louis, il faut que tu te rendes à Talairan. Je viens de recevoir un coup de fil. Ton père a eu des ennuis !

Louis sursaute et se cogne le sommet du crâne sur un montant de la bâche du vieux Renault. Il descend du véhicule et à peine après s'être essuyé les mains, rejoint sa moto.

— Comment… C'est grave, il est blessé ? demande-t-il tout en s'apprêtant.

— Je crois qu'il n'y a que des dégâts matériels.

Il n'a pas écouté les derniers mots de son patron. Le voilà qui démarre en trombe. Il le savait. Il se doutait qu'un jour Augustin serait à son tour touché.

Il file à vive allure, prenant les virages à la corde, sans se soucier de la vitesse. Le mauvais temps ne l'arrête pas. Il pleut, il vente, mais Louis n'en a cure. Une seule chose lui importe, voir son père.

Le mas se dessine devant lui. Parvenu à destination, sans attendre, il descend de sa machine et se précipite vers la porte d'entrée entrebâillée. Là, il trouve son père attablé, la tête entre les mains. C'est à peine s'il bouge en entendant la voix de son fils.

— Papa…

Celui-ci se retourne enfin. Louis aperçoit un visage défait. Augustin se lève et va serrer son fils dans ses bras. Le silence en dit long sur le chagrin de son père.

— Ces salauds m'ont saccagé le carré de jeune vigne, tu sais le chasselas que j'ai planté en mars dernier sur le terrain de Joulabile. Ils ont arraché des ceps, y ont mis le feu et ont roulé avec un tracteur sur le reste. J'en avais à peine un hectare, mais j'y tenais tellement.

Louis se souvient que sa mère souhaitait qu'il agrandisse son domaine viticole. La maladie a fait qu'elle n'a hélas pas pu voir combien Augustin s'acharnait au travail pour faire fructifier ses terres, et ce petit carré de chasselas a été planté en sa mémoire. Il a en sa possession plus de cinq hectares de vignes et s'en occupe comme d'un enfant. Louis se doute que ce doit être un crève-cœur de n'avoir rien pu faire.

— Ça s'est passé cette nuit ?

— Sans doute, je m'en suis aperçu ce matin en arrivant sur place. Les pieds fumaient encore.

Augustin se met à pleurer. Qu'il est douloureux pour un fils de voir son père pleurer. La seule fois où il l'a vu avec autant de peine, c'était à l'enterrement de son épouse, il y a deux ans. Augustin est secoué de spasmes. Louis l'étreint en douceur pour le calmer.

— Ils ne t'ont rien fait d'autre ?

Augustin hausse les épaules en signe d'impuissance.

— Je ne crois pas. J'ai fait le tour du domaine et je n'ai rien vu. Augustin s'arrête... Il semble pensif... Puis, en toute hâte, il sort de la maison et se dirige vers les deux celliers. Louis le suit.

La porte entrouverte du premier caveau n'indique rien de bon. En descendant les six marches, une forte odeur de vin mélangé à un produit indéfinissable leur monte à la gorge. Ce qu'ils découvrent les ravage. Les robinets des barriques ont été ouverts, laissant échapper le liquide rouge brun d'une année de travail. Les tonneaux sont éventrés. À cela se mêle un liquide poisseux comme de l'huile à l'odeur d'essence.

Augustin laisse échapper un cri de rage. Il remonte quatre à quatre les marches et se dirige vers le second. Celui-ci est toujours fermé. Il pousse la porte, descend pour constater avec un grand soulagement que rien n'a été touché. Une fois à l'extérieur, il prend une grande bouffée d'air. Enfin, à grandes enjambées, il se dirige vers la remise, d'où il ressort avec un fusil.

— Je vais chercher qui a fait cela, les traquer et les descendre. Tu m'entends bien, mon fils ?

— Papa, je sais que tout ça te fait mal, mais toi, tu es en vie... et c'est tant mieux.

— Mais, mon petit, regarde ce qu'ils ont détruit... C'est ma vie... mes souvenirs... Ce n'est pas que mon travail !

— Tu te souviens de ce que tu m'as dit quand nous avons appris la mort de François ? Nous devons continuer à nous battre pour notre pays, la vengeance viendra après. Et je te promets, papa, que nous les retrouverons.

Augustin se tait. Le pas fatigué, il s'en retourne vers la maison. Louis va passer le reste de la journée avec lui. Ils vont dégager et nettoyer le chai ; ensuite, ils se rendront dans les vignes pour faire un état des lieux. Il reviendra samedi pour aider Augustin à remettre en état ce petit bout de terre de chasselas.

Dimanche 21 novembre 1937

Emma a invité Lucien et Josie à manger ce midi.
Louis a allumé la radio et écoute les dernières nouvelles
venant d'Espagne. Les nationalistes avancent, le pays
s'affaiblit sous les coups de Franco. Beaucoup d'Espagnols,
dont de nombreux enfants, sont accueillis en France. On
ouvre pour cela les centres de colonies de vacances. Il a hâte
d'avoir une prochaine mission pour revoir Pilar. Il est
impatient de lui dévoiler ce qu'il a appris sur son père. Il
pense beaucoup à elle et se demande si, à sa prochaine visite,
il ne la ramènera pas. Il y aura toujours Augustin pour
l'accueillir. Pauvre Augustin, il se remet mal du coup du sort
qui s'est joué de lui. Avec l'aide de Louis et de voisins, il a
nettoyé les quelque cent ares de Joulabile. Augustin ne
replantera pas l'an prochain. Il préfère attendre de connaître
l'avenir de la France si l'Espagne venait à tomber. Emma a
appris ce qui était arrivé à son beau-père. Peinée pour
Augustin et son mari, elle ne comprend pas comment on a pu
s'en prendre à un homme comme lui, si gentil, si bienfaisant.
Sa bastide est isolée, donc facilement attaquable. Peut-être
lui faudrait-il un chien ? a-t-elle proposé. En y réfléchissant, ce
serait une solution à sa solitude. Justement, Marcel, le jeune
collègue de Louis, a une chienne, qui vient de mettre bas une
portée de six chiots.

Un coup de klaxon le tire de ses réflexions. Lucien stoppe sa voiture et coupe le moteur. Josie descend la première. Louis peut voir par la fenêtre l'air détendu et souriant de sa belle-sœur. Il n'en revient pas. Elle ne les a pas habitués à ce genre de démonstration. D'ailleurs, Lucien fait preuve également de bonne humeur.

Louis les invite à entrer et à se défaire de leurs vestes et chapeaux.

Emma vient juste de finir de dresser la table. Elle retire son tablier et se présente à ses hôtes.

— Que je suis contente de passer un moment avec vous.

— Nous aussi, répond Lucien, tu sais combien ça nous fait plaisir d'être là.

Chacun s'embrasse et Louis ne peut s'empêcher de remarquer comme un malaise. Son beau-frère a beau sembler serein, on voit bien qu'il n'est pas dans son état habituel. Il le connaît bien, Lucien, il n'est pas coutumier d'autant de désinvolture. À moins que… Mais oui, c'est cela, Lucien a bu !

— Les enfants, venez dire bonjour à vos oncle et tante !

La petite troupe se presse autour des nouveaux arrivants. Puis, les uns emboîtant le pas des autres, on prend place autour de la table.

Lucien a le verbe haut et gesticule beaucoup. Josie ne fait aucun cas de lui. Elle va même jusqu'à lui remplir son verre de vin. La conversation tourne autour de sujets divers, de la fermentation du nouveau vin, du garage de Lucien et des derniers films sortis au cinéma. Des éclats de rire viennent ponctuer de temps en temps la discussion.

Après le dessert, un café est servi.

— Dis-moi, Lulu, tu m'as l'air beaucoup mieux qu'il y a quelques semaines !

— C'est vrai, sa morosité a disparu depuis quelque temps, répond Josie. Son garage tourne bien, on a de bonnes rentrées d'argent, c'est sans doute pour cela, hein, chéri ?

Louis remarque les joutes visuelles entre Emma et Josie. Emma y voit une volonté malsaine de laisser Lucien s'enliser dans l'alcool pour mieux le tromper.

— N'y aurait-il pas une petite goutte de cette eau-de-vie de pêche que vous cachez, pour parfaire ce délicieux repas ? réclame Lucien.

— Tu ne crois pas que tu as peut-être assez bu ? réplique Emma.

— Eh, on croirait m'entendre ! poursuit Josie. Pourtant, ce n'est pas toi qui disais qu'un peu d'alcool ne pouvait lui faire de mal ?

Emma ravale sa salive. Alors que Louis se lève pour aller chercher le breuvage convoité par son beau-frère, il entend sa femme dire qu'il n'y en a plus.

— Tu es sûre ? s'obstine Louis.

Devant le visage fermé de sa femme, il préfère ne pas insister.

L'après-midi s'étire avec quelques parties de cartes. Josie fait bonne figure et semble beaucoup s'amuser.

— Nous allons bientôt rentrer, chéri ? interroge-t-elle.

— Vous prendrez bien un café avant de partir ? soumet Louis.

— Pas pour moi, l'informe Josie, qui se lève, s'étire et décide de quitter la table de jeu.

Alors que les plus jeunes des enfants jouent dans leur chambre, Eugénie, assise dans un fauteuil campagnard, se délecte d'un nouveau roman. Josie va tranquillement s'asseoir auprès de sa nièce. Elle aime bien Eugénie ; d'ailleurs, c'est la seule de la famille qu'elle paraît tolérer vraiment. C'est une gamine qui sait ce qu'elle veut et qui a les capacités de réussir. Sans doute aurait-elle aimé lui ressembler ! Elle a la chance d'avoir des parents qui la soutiennent dans ses rêves. Elle, avec un père alcoolique, une mère brutalisée et complètement effacée, et une tôlée de frères et sœurs, la seule possibilité qu'elle avait de s'en sortir était d'épouser un homme riche. Lucien n'est pas un nanti, mais il gagne suffisamment sa vie pour lui permettre des petites folies et surtout de ne pas avoir à besogner.

Tout à leur jeu, les intéressés ne prennent pas garde au drame qui se joue lorsque, brutalement, Eugénie s'extirpe de son fauteuil et, le visage noyé de larmes, s'empresse de quitter la pièce pour regagner sa chambre.

Tout s'est passé très vite et ni Louis ni Emma n'ont eu le temps de percevoir la scène qui s'est jouée entre leur fille et sa tante. Mais Louis distingue un rictus de plaisir qui se dessine sur les lèvres de sa belle-sœur.

— Lucien, es-tu prêt ? Je t'attends, dit-elle, désinvolte, alors qu'elle s'empresse de se revêtir pour quitter cet endroit qui paraît l'étouffer.

Celui-ci a à peine le temps de faire ses adieux à ses hôtes que déjà elle monte dans la voiture. Louis se demande quelle mouche l'a piquée pour agir ainsi. Ce n'est hélas pas la première fois qu'elle se montre désagréable. Au moins, aujourd'hui, elle était souriante.

Le 21 novembre 1937, 8 heures du soir

Louis n'en revient toujours pas de ce que leur a dit Eugénie pendant le dîner. Ce qui est arrivé un peu plus tôt dans l'après-midi l'a chiffonné et a préoccupé Emma. Il lui a demandé ce qui lui avait pris d'agir comme elle l'avait fait. Sa tante y serait-elle pour quelque chose ? Eugénie regarda son père, et vit l'attention toute particulière que lui portait sa mère mais ne voulut rien dire. Surtout ne pas leur faire de peine, semblait-elle leur exprimer.

— Mais enfin, ma galinette, dis-moi pourquoi ce chagrin. Explique-nous !

*Après un moment de réticence, puis sa mère la suppliant, Eugénie se décida à relater sa conversation avec Josie.

— Alors, ma nièce, tes études du soir se passent bien ? Eugénie leva le nez de son livre.

— Oui, je pense que je vais pouvoir intégrer l'École normale en septembre prochain.

— Tant mieux, tant mieux !

Josie dévisagea sa nièce, qui s'apprêtait à retourner dans le monde magique de son récit. La jeune fille frémit sous le regard noir et figé qui la détaillait.

— Dis-moi, reprit Josie, tu n'as pas peur de mettre tes parents en difficultés ?

— Quelles difficultés ? demanda Eugénie, étonnée.

— Eh bien, des difficultés financières ! répondit doucement sa tante, tu comprends, tes parents ne sont pas riches et tes études vont coûter cher. Tu ne crains pas que ce soit un trop grand sacrifice pour eux ?

Eugénie referma son livre et se redressa dans le fauteuil. Elle saisit le sens des propos de Josie et cela lui alla droit au cœur. Troublée, la jeune fille lui répondit qu'elle n'avait jamais songé à pareille situation.

— C'est normal, ma grande, tu es jeune, tu ne peux pas réfléchir comme une adulte ! Et puis, tu sais, s'ils t'ont dit qu'il n'y aura pas de problèmes, c'est qu'ils ont pesé le pour et le contre.

Josie se tut un moment puis, avec une mine réjouie, elle avança :

— J'espère qu'ils ont pensé à leurs deux autres enfants ! Tout est tellement difficile de nos jours et les prix sont tellement élevés ! C'est qu'il n'est pas toujours simple de nourrir sa famille correctement !

Eugénie afficha une inquiétude qui remplaça la sérénité de son jeune cœur naïf. Alors, tel le toréador qui met fin à l'agonie de la bête, Josie asséna un dernier coup :

— Il ne faudrait pas que l'un de tes deux parents en vienne à y laisser sa santé, car tu culpabiliseras toute ta vie d'avoir été aussi égoïste.*

Eugénie s'est tue. La morgue de sa tante l'a broyée, mais elle pensa que, quelque part, elle avait raison. Ses parents ont essayé de la tranquilliser en lui faisant remarquer que ce n'était pas à elle de se préoccuper de la famille, qu'à son âge, seul l'avenir devait faire partie de ses soucis, si on peut parler ainsi quand il s'agit d'obtenir le meilleur du futur.

— J'ai autre chose à vous dire, reprit la jeune fille, elle m'a demandé si je savais où maman travaillait dans la rue du Vieux-Colombier, et quel jour de la semaine.

— Et tu le lui as dit ? demanda Emma, qui regardait Louis singulièrement, voulant dire « Josie serait-elle inquiète ? ».

— Oui, je n'aurais pas dû ?

— Si, si, ne t'inquiète pas ma péquélette, lui répondit son père, ça n'a pas d'importance.

Louis ne comprend pas ce que cherche sa belle-sœur. Non seulement, elle mine le moral d'Emma mais, de plus, elle saccage les rêves d'Eugénie ; et ça, il ne peut l'admettre et encore moins le permettre. Il va devoir trouver un moment pour lui parler et surtout pour lui demander de ne plus intervenir auprès de leur fille. C'est à eux et à eux seuls que revient le devoir d'éducation.

Jeudi 16 décembre 1937

Un motard roule à vive allure sur la route de la Jonquéra. Il transporte des documents à l'intention du commandant Michel Bonaventure, de la colonne Durutti, et devra ramener le Loup.

En passant la Jonquéra, les rues balayées par un vent hivernal sont désertes, si ce n'est un ou deux chiens errants… La peur, le chagrin et l'incompréhension transpirent des murs des maisons aux volets clos, les venelles sont oppressantes de silence.

Le givre qui s'est déposé au petit matin habille d'éclats de diamant la campagne, alors que Louis poursuit sa route vers Figueres.

Comme il en a pris l'habitude, il abrite sa moto sous un petit abri situé côté sud et adossé à l'auberge, puis pénètre dans le café. Pilar, derrière le bar, discute avec quelques habitués qui n'ont pas encore pris la fuite vers de nouveaux territoires. Son bar est de moins en moins approvisionné, si ce n'est encore un peu de café et quelques cuvées de vin rouge et rosé. Elle prépare de moins en moins de repas, les étals du marché manquant de ravitaillement. Dans quelques semaines, elle devra fermer.

Comme ses compatriotes, elle ne fait que survivre, car l'Espagne n'est plus un pays où l'on peut vivre. Les trois clients qui sont là sont vieux, et n'ont cure de ce que peut leur infliger l'adversaire. Leur vie est finie, comme ils se plaisent à le dire. Ils ne vont pas fuir devant l'ennemi, bien au contraire, ils l'attendent. S'ils doivent mourir, ils choisiront leur mort mais pas sans avoir auparavant donné du fil à retordre à ces chiens galeux de nationalistes.

Pauvres vieux, se dit Louis, avec quoi peuvent-ils se battre ? Pilar lui fait signe de la suivre dans la cuisine. Ni le commandant Bonaventure ni le Loup ne sont encore arrivés. Devant l'étonnement de son compagnon, Pilar lui confie que le commandant Bonaventure a été arrêté cette nuit à Manséra, obligeant le transfert du Loup à Barcelone, où Louis devra le récupérer.

— Quoi ? Barcelone ? Mais c'est au moins à deux heures de route d'ici ! Je ne vais pas pouvoir retourner en France avant demain, dans ce cas, et je n'ai aucun moyen de prévenir ma femme ni mon père ! s'exclame Louis, irrité par cet imprévu.

— Les lignes téléphoniques ne sont pas encore coupées ici, tu as bien quelqu'un que tu peux contacter ? J'ai un téléphone derrière le bar.

Louis appelle M. Émile, lui explique les changements de plan et lui demande de prévenir Emma et Augustin de son retard. Il prendra la route au plus tôt mais n'arrivera peut-être pas avant le milieu de la nuit.

— Où vais-je trouver de l'essence ?

— Tu devras t'arrêter à Vidreres, il y a des unités armées républicaines et un dépôt de carburant.

— Bien, alors je pars de ce pas, désolé, Pilar !

Il peut ressentir la déception de Pilar, qui aurait préféré partager un moment avec lui… Depuis qu'il la connaît, il sait qu'elle lui est très attachée, ainsi qu'à sa famille qu'elle n'a jamais rencontrée mais pour qui elle éprouve une amitié singulière, tant Louis lui a parlé d'elle. Sans doute même s'imagine-t-elle Emma, Eugénie, Jean et Madeleine vivant dans le petit mas au milieu de la garrigue…

Elle le regarde s'affairer, puis le suit jusqu'au cellier. Louis lui dépose un baiser sur le front, s'installe sur sa moto et la démarre.

— Je ne t'ai pas dit, mais j'ai commencé à faire des recherches sur ton père. Apparemment, il travaillait sur le pont transbordeur de Marseille quand il a connu ta mère, puis à Montpellier. Tu vois, je pense à toi… Adieussiatz, comme on dit chez moi.

Accroché à sa monture mécanique, le voilà qui bondit dans un bruit pétaradant, laissant derrière lui une traînée de fumée grise.

Alors que Louis file sur les routes catalanes, M. Émile a dépêché un de ses ouvriers chez Augustin, pendant qu'il irait avertir Emma du retard de Louis.

Avec son accord, il dira à Emma que son mari est allé chez son père, à la suite d'un appel téléphonique de son médecin l'informant qu'Augustin était malade et qu'il avait besoin de soins. Emma ne devra pas s'inquiéter, son mari rentrera au plus vite.

Malgré tout, Louis a comme un poids sur l'estomac. Tout devient complexe et la stratégie va finir par ne plus fonctionner.

Mardi 28 décembre 1937

Louis quitte son père, chez qui il vient de déposer un agent anglais, Charles Bridges, qui doit remonter à Calais pour rejoindre le Royaume-Uni pour une entrevue avec le Premier ministre.

Il est six heures du soir. Il fait nuit noire et une bruine n'en finit pas de tomber. Louis a roulé sous ce crachin depuis son départ de Figueres. En traversant les Pyrénées, une sorte de neige fondue avait remplacé cette pluie fine et pénétrante.

À son arrivée à Las Casas Blancas, en fin de matinée, Charles Bridges l'attendait depuis un long moment. Louis n'eut guère le temps de s'excuser, que déjà Pilar lui demandait de repartir. Elle avait entendu dire que des sympathisants à la cause nationaliste se trouvaient dans les environs, qu'elle devait se rendre à Barcelone faire son rapport et que ce n'était donc pas le moment pour Louis de s'éterniser.

— Et tu fais comment pour t'y rendre ?

— Comme d'habitude, Manuel, un voisin, me prête sa voiture. Mais il faut que je parte rapidement.

— Très bien. Surtout, sois prudente !

— Ne te tracasse pas, ce n'est pas la première fois que ça arrive.

— Bon... Prêt, monsieur Bridges ? demande Louis.

— Je suis tout à vous, répond-il avec cet accent si charmant.

Enfin chez lui, en entrant dans la cour, Louis distingue la Simca de Lucien dans la lumière de son phare, garée devant l'entrée de la maison. Nous sommes lundi, jour de la visite hebdomadaire de son beau-frère.

Une fois son équipement de motard retiré, il regagne la chaleur tant appréciée du foyer.

Là, attablés, Emma, Lucien et Josie, dont ce n'est pas l'habitude d'accompagner son époux un jour de semaine, sirotent un vin chaud. Les enfants, l'ayant entendu, se jettent dans ses bras, l'embrassent à tour de rôle et se serrent contre lui.

— Eh, adieu, les pitchounes... Vous avez passé une bonne journée ?

— Oh oui, répond Jean, j'ai rapporté une image grâce à mes dix bons points.

— Bravo, mon fils, je suis fier de toi, lui dit Louis en l'embrassant.

Tout ce petit monde jubile ; même Eugénie, la plus réservée.

— C'est bon, les enfants, dit Emma, vous pouvez retourner dans la chambre si vous voulez.

Telle une envolée de moineaux, les voilà qui disparaissent pour retrouver leurs jouets et livres qui les attendent.

Lucien les complimente sur la bonne éducation de ses neveux
Il est envieux de tant de bonheur.

— Vous avez beaucoup de chance, dit-il.

— C'est vrai, on n'a pas à se plaindre... Ils sont tranquilles.

— Et vous... Vous en êtes où... question famille ? se risque
Emma.

Pas de réponse. Josie fait mine de n'avoir rien entendu. Lucien
baisse la tête, peu loquace... Aurait-il appris quelque chose
concernant sa femme ?

— Oh... Je ne veux pas me montrer indiscrète, continue
Emma.

Josie la fusille du regard.

— Pour qu'il y ait des enfants, encore faudrait-il trouver le
moyen de les faire ! rétorque Lucien amèrement.

Josie ne relève pas la tirade de son mari et continue de boire
tranquillement son verre. On a l'impression qu'elle réfléchit.
Puis elle finit par avouer que gravir l'échelle sociale comme ils
peuvent le faire, elle et Lucien par son travail, n'est pas
compatible pour le moment avec le fait de fonder un foyer.
Non, décidément elle ne se voit pas changer des couches,
préférant, et de loin, répondre à des invitations et fréquenter
des gens importants.

Louis devine pourquoi elle s'est si bien remise de sa fausse
couche...

— Je ne suis pas de celles qui travaillent pour les autres, mais plutôt de celles qui font travailler les autres. Que veux-tu, chacun sa destinée, ma pauvre Emma.

— Je te trouve un peu sévère avec Emma ! rétorque Louis. Peut-être qu'elle travaille pour les autres comme tu le dis si bien, mais elle aime ce qu'elle fait et c'est le principal.

— Sans doute, et je ne dis pas le contraire, mais tout de même, je me demande comment tu peux y trouver ton compte. Emma… Toujours obéir aux ordres de quelqu'un… ça me fatiguerait à la longue.

Emma ne s'exprime pas. Louis la voit se lever puis aller attiser le feu dans la cuisinière à bois, sur laquelle mijote la soupe. Il éprouve de la peine pour elle. Elle ne mérite pas un tel mépris. Mais Josie n'a cure de ce qu'elle peut provoquer par son comportement. Louis a compris que les situations conflictuelles la stimulaient et que, nul doute, il en sera toujours ainsi.

— Au fait, Louis, je ne t'ai pas dit, ajoute sa belle-sœur, Henri, tu sais, le mari de mon amie Odette…

Louis hoche la tête. Il connaît bien Henri pour l'avoir plusieurs fois croisé dans le garage de Lucien et avoir partagé avec lui et son beau-frère quelques verres de corbières chez « Néness », le café du centre.

— Il est sapeur-pompier, n'est-ce pas ? Eh bien, figure-toi que, l'autre jour, il nous a dit t'avoir vu sur les lieux d'un accident sur la route entre Perpignan et le Perthus, il y a environ six semaines.

Louis accuse le coup. Il essaie de cacher son malaise, espérant qu'Emma ne s'aperçoive de rien.

— Il s'est forcément trompé... Que serais-je parti faire sur cette route ? ment-il avec aplomb.

— C'est ce que je lui ai dit... Pourtant il a décrit le motard et la moto et, effectivement... ça te ressemble... Il s'agissait d'un accident d'autocar et même qu'il était en flammes... Tu ne te souviens pas ?

Elle persiste en minaudant, laissant paraître une certaine jouissance devant le désarroi de Louis.

— Je regrette... mais je ne peux pas me souvenir puisque ce n'était pas moi.

Emma coupe court à la conversation et invite ses visiteurs à regagner leur domicile, car il se fait tard, les enfants ont école demain et qu'ils doivent maintenant souper. Louis remarque que, en d'autres temps, elle les aurait invités à partager leur repas. Il croit déceler une certaine déconvenue dans ses propos.

Après leur départ, le dîner se déroule en silence, à part le bruit de la cuillère raclant le fond de l'assiette et les chuchotements des petits entre eux.

Louis se remémore alors le fameux jour de l'accident. Il devait remettre des documents en mains propres au Loup, et était arrivé avec beaucoup de retard. Il avait été bloqué puis dérouté sur un autre itinéraire qui l'avait retardé. Le Loup n'avait pu l'attendre et était retourné à Barcelone pour une autre mission. C'est Pilar qui, pour la première fois, s'était chargée du transfert jusqu'au QG de la capitale catalane.

V

Vendredi 31 décembre 1937

Depuis sa dernière intervention en Espagne, Louis a le sentiment que sa fille aînée se désintéresse de ses cours du soir. S'il la questionne, Eugénie répond toujours la même chose, qu'elle va bien, qu'elle est seulement un peu fatiguée. Peut-être n'est-elle pas assez disponible pour avoir le temps d'apprendre. Elle participe beaucoup aux tâches ménagères et de lourdes responsabilités en tant qu'aînée lui incombent… Peut-être est-ce trop pour ses frêles épaules ? Ou est-ce simplement la fourberie de sa tante qui fait son travail ? Malheureusement, il n'a pas eu encore l'occasion de lui exprimer son ressentiment à l'égard de son attitude. Quoi qu'il en soit, il ne veut surtout pas voir sa fille gâcher son potentiel.

Une nouvelle organisation s'impose à la maison afin de libérer du temps pour Eugénie, qu'elle puisse réaliser son souhait.

Cela ennuie beaucoup Emma et c'est sans compter Lucien, qu'elle a revu plusieurs fois après le fameux dimanche, et qui affiche un air de plus en plus distant. Il est parfois taciturne ou parfois très expansif, Emma se rend très vite compte alors qu'il est alcoolisé. Bien sûr, comme d'autres, il nie, se montre coléreux, se pose en victime et se dit incompris. Emma sent que son frère lui échappe peu à peu et souffre de ne pouvoir le soutenir davantage.

Louis arrive à l'atelier, où une journée chargée l'attend. Pas de mission pour lui aujourd'hui, mais des réparations en plomberie et zinguerie en plusieurs lieux.
Alors qu'il gare sa moto, M. Émile vient à sa rencontre. Il tient dans ses mains ce qui ressemble à une enveloppe.
— Tiens, Louis, c'est pour toi, j'ai oublié de te la remettre hier soir. Il faut dire que tu es vite parti !
— C'est vrai, je n'avais qu'une hâte, rentrer.
M. Émile lui donne le courrier, que Louis s'empresse de décacheter.
L'enveloppe porte le tampon de Montpellier. Bien que la curiosité le démange, son patron se fait discret et retourne dans ses locaux. C'est la première fois que son employé fait

venir son courrier à cette adresse. Que cache-t-il ? Louis a peut-être besoin de parler ! Si c'est le cas, de toute façon, il sait qu'il peut compter sur la réserve de M. Émile.

Louis a le cœur qui saute en ouvrant la lettre. Elle est dactylographiée et émane du service du personnel des Chemins de fer de Montpellier. Pour tout dire, il n'y croyait plus, voilà maintenant plus de deux mois qu'il a démarché ce service… (Sa main tremble pendant la lecture.) Enfin, il va savoir.

Derrière la vitre de son bureau, M. Émile, qui observe du coin de l'œil Louis déchiffrer sa missive, constate le regard hébété de celui-ci. Il le voit se passer la main dans les cheveux, faire deux pas en avant puis revenir. Il semble désorienté. Pourvu que ce ne soit pas grave ! Il le voit parcourir le morceau de papier, encore et encore.

Louis est abasourdi par ce qu'il croit comprendre. Il lève les yeux et croise le regard circonspect de M. Émile, qui vient de passer le seuil de sa porte pour descendre le rejoindre.

— Tu devrais peut-être te mettre en route, Louis ? l'interrompt-il. Tu as du pain sur la planche.

Louis n'est plus là. Les yeux dans le vague, il semble parti pour un lointain périple…

— Rien de grave ?

Louis tressaille. Il plie la lettre et la range dans la poche de son pantalon.

— Non, non, répond-il, hésitant. Une nouvelle à laquelle je ne m'attendais pas, c'est tout… Je pars dans l'instant. À ce soir, patron.

— Bonne journée, Louis.

M. Émile n'en saura pas plus aujourd'hui… Demain, peut-être !

C'est incroyable, se dit Louis, alors qu'il fait l'essai d'un robinet qu'il vient de poser chez une cliente de Narbonne, jamais je n'aurais pensé apprendre une telle nouvelle… Je comprends maintenant pourquoi je ressens ces choses quand je la regarde… Pourquoi j'ai tout de suite eu cette impression de la connaître ?

— Madame Marty, j'ai fini, vous allez pouvoir enfin vous servir de votre évier.

La dame en question se présente à lui et le remercie vivement.

— Vous m'enverrez la facture… Un petit verre de vin avant de repartir ?

— Ce n'est pas de refus, merci.

Louis déguste le liquide rouge foncé, un vin savoureux de Bourgogne, salue son hôtesse et se dépêche de quitter les lieux pour retourner chercher des matériaux à l'atelier avant de continuer sa tournée.

Alors qu'il se gare aux portes de l'entrepôt, il voit M. Émile courir vers lui.

— Louis, il faut que tu te rendes à l'hôpital... Tout de suite !

— Comment ? demande Louis, tout en descendant du camion

— Il faut te rendre à l'hôpital, Emma a eu un accident !

Louis n'intègre pas ce qu'il croit entendre et fait répéter son patron encore une fois.

— Allez... zou... ne perd pas de temps, va à l'hôpital !

Louis est frappé en plein cœur. Il se précipite sur sa moto et quitte les lieux dans un vrombissement démesuré.

À l'hôpital, un homme d'âge mûr, d'une grandeur impressionnante, vêtu d'une gabardine beige et d'un chapeau, vient à sa rencontre. Tout en parcourant un long couloir aux odeurs d'éther, rappelant à Louis les douloureux souvenirs de son enfance, l'homme se présente :

— Commissaire Millard, de la police criminelle de Paris.

— Police criminelle ?

— Hélas oui, votre femme et Mme de la Châtelière ont été victimes d'une agression.

— Mon Dieu... et c'est grave ?

— Votre femme a eu plus de chance... Elle est en vie.

Louis est effondré par ce qu'il vient d'apprendre. Comment est-ce possible ? Pourquoi s'en prendre à elles ? Pourquoi avoir tué Mme de la Châtelière ?

Il entre dans la chambre que lui a indiquée l'infirmière, suivi de très près du commissaire. Emma est allongée, là, parmi les draps blancs, assommée par les sédatifs. Le visage est tuméfié, les lèvres sont gonflées, et son menton semble dévié. Louis, sous le coup de l'émotion, s'agenouille près du lit, prend la main diaphane de son épouse dans les siennes et laisse aller son chagrin. Qui a osé lui faire autant de mal ?

— Ma chérie… Pardon de ne pas avoir été là pour te protéger.

Le commissaire Millard, qui s'est assis dans un coin de la chambre, ne relève pas ce que vient de dire Louis. Il choisit de se faire discret en attendant le réveil d'Emma… Il sera bien assez temps de poser des questions.

Elle soulève doucement ses paupières, qu'elle plisse sans doute pour mieux voir la forme spectrale penchée au-dessus d'elle. Graduellement, elle ouvre les yeux pour discerner le visage anxieux de son mari, qui la scrute.

Alors qu'elle soulève la tête, une grimace accompagnée d'un gémissement finit de la réveiller.

— Ma galinette, te voilà de nouveau parmi nous… Non, ne bouge pas !

Elle ne peut correctement articuler, ne pouvant ouvrir suffisamment la bouche.

— Que m'est-il arrivé ? demande-t-elle dans un souffle.

— Tu es à l'hôpital… Tu ne te souviens de rien ?

Elle ferme les paupières en signe de découragement.

— Toi et Mme de la Châtelière avez été agressées.

Emma s'agite, se lamente puis finit par éclater en sanglots.

— Madame de la Châtelière ? interroge-t-elle avec difficultés.

Louis est impuissant devant le drame. Il se tourne vers le commissaire Millard, lui quémandant son aide d'un regard. Celui-ci a compris sa détresse, s'approche du chevet d'Emma et se présente.

— Êtes-vous assez solide pour pouvoir me raconter ce qu'il s'est passé chez Mme de la Châtelière ?

Emma se dérobe un instant, puis se ravise… Un silence lourd envahit la pièce. Enfin, inspirant profondément, elle commence à relater les faits en essayant de prononcer au mieux.

Madame et monsieur devaient recevoir de nombreux invités pour le réveillon du Nouvel An et beaucoup de travail l'attendait, d'autant plus que, cet après-midi-là, Joséphine devait s'absenter.

Elle était en train de nettoyer l'argenterie lorsque le téléphone sonna.

Emma s'arrête un moment. Elle essaie de se remonter dans son lit et Louis lui vient en aide en réajustant les deux oreillers lui soutenant les épaules et la tête. Il lui dépose un baiser sur le front.

— Si tu es trop fatiguée, ça peut attendre, ma galinette !

— Non… ça va aller.

Donc le téléphone se mit à sonner. Mme de la Châtelière lui demanda de répondre car elle était occupée à fleurir une des chambres. Elle décrocha le combiné, mais personne ne répondit.

— Allô ? Qui est à l'appareil ? Mais répondez à la fin !

— Qui est-ce ? s'écria madame.

— C'est curieux, il n'y a personne au bout du fil !

— Alors raccrochez, c'est sans doute un plaisantin !

— Bien, madame, répondit Emma en s'exécutant.

C'est à ce moment précis que la porte d'entrée du hall s'ouvrit sur trois hommes encagoulés. Pendant que l'un d'eux maîtrisait Emma, lui empoignant la chevelure d'une main et la bâillonnant de l'autre, ses compères montèrent à l'étage. Emma tremblait de toutes parts, la frayeur qu'elle éprouvait lui broyait les entrailles, elle avait la sensation que son sang se liquéfiait, elle entendait Mme de la Châtelière crier, pleurer, supplier.

Elle ne sait combien de temps dura le supplice quand, tout à coup, elle vit une forme désarticulée plonger vers le grand escalier, le dévaler et terminer sa course au milieu du hall dans une mare de sang. Emma était à deux doigts de s'évanouir.

— C'est bon, on y va.

Sur ces mots, son assaillant accrocha son regard. Elle frissonna devant la couleur bleu profond de ses prunelles froides et dures. Il se pencha alors vers son oreille et lui murmura une phrase qui la laissa meurtrie. Enfin, il lui décocha un coup de poing magistral en plein visage. Elle pensa mourir tant la douleur était intolérable, et elle s'écroula à terre.

— Et que vous a-t-il dit à l'oreille ? continue le commissaire Millard.

Mais Emma ne l'entend pas, elle se maudit tant elle se sent coupable. Elle n'avait rien fait pour aider Mme de la Châtelière… Elle aurait dû se débattre, tenter le moindre geste…

— Vous ne pouviez rien faire, madame… Au moins, vous êtes en vie…

Emma, ébranlée, comprend que Mme de la Châtelière n'a pas eu cette chance.

Des spasmes la secouent de plus belle lorsque l'infirmière fait son entrée.

— Messieurs, je vais vous demander de laisser Mme Lastenouse se reposer et vous prier de sortir… Monsieur Lastenouse, le médecin vous attend dans le couloir.

Louis embrasse une dernière fois sa femme. Le commissaire Millard précisa qu'il devra revoir Emma pour finir l'interrogatoire.

Emma n'a pu assister aux obsèques de Mme de la Châtelière. Louis lui a dit que c'était une magnifique cérémonie, si l'on peut employer cet adjectif, et très émouvante. Il y avait beaucoup de monde, plus que la cathédrale Saint-Just–Saint-Pasteur ne pouvait en contenir.

Aussi la foule s'amassait-elle autour du parvis, et des haut-parleurs étaient disposés de chaque côté du porche d'entrée du monument afin de permettre aux paroissiens de suivre la messe des funérailles.

Emma est restée hospitalisée une semaine. Sa mâchoire est encore douloureuse, elle ne peut toujours pas manger normalement mais, peu à peu, sa bouche retrouve sa mobilité.

Louis ne supporte pas de la voir sursauter au moindre bruit… Il lit la peur et la détresse dans ses yeux.

Depuis son retour à la maison, Eugénie la seconde aussi bien que ses 13 ans le permettent. Quant aux deux petits, ils ont intégré qu'ils devaient se tenir sagement pour ne pas ajouter de la peine à leur maman.

Samedi 15 janvier 1938

Louis vient de quitter son chantier. Il lui tarde de rentrer. Ce qui est arrivé à Emma l'obsède. Elle passe de très mauvaises nuits, et est sans cesse sur le qui-vive. Elle ne lui parle pas beaucoup mais il se doute qu'elle lui cache quelque chose. Ce soir, une fois les enfants couchés, ils devront avoir une discussion.

Pour un temps, il a demandé à M. Émile de ne pas l'envoyer en mission. Celui-ci a accepté pour quelques jours seulement, le temps pour Emma de se sentir mieux... Hélas, Louis a l'impression qu'elle ne pourra surmonter ses craintes avant longtemps... trop longtemps pour lui, car d'ici peu il devra repartir en Espagne.

Puis il y a Pilar qui a besoin de lui. La guerre est aux portes de Figueres.

— Ma galinette, je suis arrivé, s'écrie Louis en entrant dans la cuisine.

C'est Eugénie qui prépare le souper.

— Bonjour, papa, lui répond-elle doucement... Maman est allongée, elle a mal à la tête et ne viendra pas manger.

Comme d'habitude, les deux benjamins font irruption et vont s'accrocher aux jambes de leur père, lui demandant un baiser. Louis les étreint tendrement en leur demandant de ne pas chahuter ce soir, car leur maman est fatiguée et a besoin de dormir. Puis il se dirige vers leur chambre pour aller embrasser sa femme.

Emma ne dort pas, elle a les yeux rougis. Louis s'assied au pied du lit.

— Tu souffres, ma galinette ? Tu ne veux vraiment pas venir à table ?

Pour toute réponse, Emma tourne la tête vers la fenêtre, à l'opposé de son mari. Elle se mure dans le silence. Louis est désemparé. Elle est en train de sombrer, il ne sait pas quoi faire.

Après un moment, Emma ne réagissant pas, Louis se lève pour lui déposer un baiser sur la joue et quitte les lieux.

Il doit faire face à beaucoup de choses maintenant, notamment aux questions que se posent les petits. Il n'est pas facile de leur faire comprendre que leur maman est triste parce qu'elle s'en veut de ne pas avoir sauvé Mme de la Châtelière, qu'elle est en colère parce qu'elle ne sait pas pourquoi elle a subi cette agression, qu'elle se sent blessée au plus profond d'elle parce qu'elle n'a pas su cacher sa peur. Malheureuse parce qu'elle s'est sentie humiliée.

Le commissaire Millard ne lui dit rien de son enquête. Mais pour Louis, si on s'en est pris ainsi à Emma et à Mme de la Châtelière, ce n'est pas anodin. Les employeurs d'Emma recevaient en pension des journalistes ou des volontaires, américains pour la plupart, qui soutiennent les républicains espagnols et restent en transit chez eux avant de rejoindre les différentes colonnes qui bataillent contre les franquistes. Ce crime ne peut être que le fait des cagoulards. Louis doit chercher à savoir qui se cache derrière ces cagoules.

VI

Mardi 8 février 1938

Alors que la bataille de Teruel en Aragon fait rage, Louis est de nouveau sur sa monture de fer, pour emmener et déposer le Loup chez Pilar, qui devra rejoindre le colonel Mendès, à qui il doit remettre un important document sur la livraison d'armement. Un léger manteau neigeux recouvre les routes et rend le parcours glissant. Le froid est pénétrant malgré leurs blousons de cuir et leurs gants. Aujourd'hui, Louis doit emprunter le col de Panissars, l'autre versant du Perthus, plus accidenté ; alors, il rallonge son temps de route.
Depuis les trois bombardements successifs de Figueres fin janvier qui ont fait seize morts, le Perthus est devenu un lieu pour transfuges espagnoles. Ces pauvres hères aux mines épuisées, aux yeux abattus, aux mains tremblantes, dissimulés dans des fripes deux fois trop grandes pour certains et

traînant un veau, une brebis ou poussant une petite carriole avec un enfant en pleurs, emportent les quelques souvenirs d'une modeste vie.

Emma occupe son esprit. Pendant qu'il aborde avec attention la voie forestière, chaotique par endroits, il la voit, dans son fauteuil, près du poêle, une couverture sur les genoux, somnolente. Elle ne lui adresse plus la parole, seulement en cas de besoin. Il ne comprend pas ce qui lui arrive. Pourquoi elle semble lui en vouloir. Le médecin dit qu'il faut laisser faire le temps, qu'elle a subi un trop grand traumatisme qui est certainement à l'origine de son mutisme. Elle ferait une forme de dépression. Mais la patience de Louis commence à s'effriter.

Eugénie ne va plus en cours du soir et semble distante avec son père. Elle lui a dit que son rôle était de remplacer sa mère le temps qu'elle se remette. Il a eu beau lui demander de n'en rien faire, la jeune fille n'a rien voulu entendre. Ils ont besoin d'elle et elle se doit, en tant que fille aînée, de leur apporter tout le soutien possible. Voyant le visage déconfit de son père, elle a ajouté qu'elle reprendrait ses cours à la rentrée prochaine, en septembre. Louis ne veut pas l'avouer mais il a besoin d'elle.

Enfin le voyage se termine. À l'auberge, Pilar est toujours là, derrière son comptoir. Malgré la pénurie, elle a décidé d'ouvrir sa taverne coûte que coûte. Ainsi a-t-elle l'impression que tout est comme avant… avant cette maudite guerre fratricide !

— Bonjour, les amis, leur lance-t-elle à leur entrée. Vous avez fait bonne route ?

— Oui, merci, Pilar… José n'est pas encore arrivé ?

— Il ne devrait pas tarder… Il me reste un peu de café et quelques œufs pour une omelette… Ça vous tente ?

Louis sent son estomac gargouiller… Son petit-déjeuner est loin et cette omelette serait bienvenue. Il est treize heures à l'horloge au-dessus du bar. Louis et le Loup s'installent à une table près de la cuisine. Les odeurs de cuisson leur titillent les narines.

Pilar apparaît avec un plateau contenant deux assiettes, dans lesquelles se dessine un ruban jaune fumant agrémenté de trois rondelles de pommes de terre, et deux tasses de café qui remplaceront le vin manquant.

Nos deux hommes savourent ce repas, comme s'il s'agissait du dernier de leur vie, tout en débattant de la situation générale de l'Europe et de l'Espagne. Pilar s'est assise près d'eux, une tasse de café à la main. Pour elle les jeux sont faits. Franco a de plus en plus de pouvoir, la machine à briser les républicains est en marche, il ne s'agit maintenant que de quelques mois pour que le pays tout entier soit aux mains des nationalistes. Barcelone, le dernier bastion, le dernier rempart est à bout de souffle. Quand Barcelone sera tombée, alors ce sera la fin de tout espoir pour les Catalans.

José vient de franchir la porte de l'auberge. Il ne prend plus la peine de passer par la porte arrière de la cuisine. La population est trop occupée à sauver sa propre peau.

— Un café, José, avant de reprendre la route ?

José acquiesce. Il s'agit de son dernier voyage. Ensuite, il rentre en France retrouver sa femme et ses enfants.

— Ils commencent à me manquer sérieusement. De plus, avec ce qu'il se passe à Paris, je préfère être auprès d'eux. Je pense d'ailleurs que nous allons partir pour les États-Unis, car malheureusement je crains que ce conflit n'ait des répercussions en France. Je préfère mettre ma famille à l'abri.

— Tu crois sincèrement que nous allons vers une guerre ? demande Louis, inquiet.

— Honnêtement, je ne sais pas… Mais Hitler joue un rôle prépondérant auprès de Franco… Peut-être dans l'espoir de faire de lui un allier avec l'Italie et le Japon. Je le trouve bien gourmand en tout cas.

— Oui, reprend le Loup… Je crains que tu n'aies raison.

— Bon, ce n'est pas tout ça, mais nous devons y aller.

Les uns et les autres se serrent la main ou s'embrassent pour se dire au revoir.

Une fois tous les deux seuls, Louis prend les mains de Pilar dans les siennes et lui dit :

— Je n'ai guère de temps, mais sache que je pense connaître la famille de ton père.

Il remarque la surprise de son amie. Un léger sourire sur les lèvres et les yeux écarquillés en une expression de plaisir la transcendent. C'est avec une joie intérieure qu'il lui annonce sa rencontre future avec sa famille paternelle. Elle n'ira pas dans un de ces camps de réfugiés espagnols ouverts sur le sol français sachant qu'elle y a des racines. Si tout va bien, à sa prochaine mission, Louis la ramènera.

— Je ne pourrai peut-être pas te suivre, ma présence est encore nécessaire ici... Je ne suis pas seulement un contact maintenant, je suis presque directement engagée dans la lutte...

— Préserve-toi, Pilar... Ce n'est pas toi seule qui vas changer l'avenir de l'Espagne. Le danger est imminent. Si les franquistes prennent le pouvoir, ce sera des règlements de compte. Tu vois ce que je veux dire ? Quand tu ne te sentiras plus en sécurité, je te ramène en France. En attendant, promets-moi de faire très attention.

— Je te le promets, le rassure-t-elle d'une manière attendrissante. Tu peux m'en dire plus sur ma famille ?

Louis hésite, il ne veut pas entrer dans des explications trop longues.

— Je pense que tu seras heureuse de faire sa connaissance. Pilar est dépitée, mais le temps défile. Louis enfile son blouson, met son casque puis presse son amie contre lui avant de s'en aller après un dernier adieu de la main.

Dimanche 27 février 1938

La voiture de Lucien et Josie se gare à son endroit habituel dans la cour, chez Louis et Emma.

Emma est encore à la sieste lorsque Louis leur ouvre la porte. Il aurait bien aimé que Lucien soit seul. Emma a besoin de voir son frère, mais sa belle-sœur gâche ces moments de plaisir.

— Emma n'est pas encore levée…

Les enfants viennent à leur tour saluer leurs oncle et tante. Bien que Madeleine aimerait rester dans les bras de Lucien, Louis lui demande de retourner jouer dans la chambre. En ce jour froid et pluvieux, les petits n'ont d'autre choix que de partager les quelque quinze mètres carrés de la pièce.

Eugénie, allongée sur son lit, dévore une nouvelle pendant que son frère et sa sœur, assis sur un tapis, jouent aux dominos.

— Mais asseyez-vous… Je vous sers quelque chose ? Un café, un verre de rosé ?

— Un café sera très bien, annonce Josie.

Après les avoir servis, il les laisse un moment, le temps d'aller prévenir Emma.

Celle-ci est debout devant le grand miroir de leur chambre. Elle se met du rouge sur les lèvres, se recoiffe, enfile un gilet par-dessus sa robe noire et se décide à rejoindre ses visiteurs.

— Bonjour, soretta…

Emma s'approche de son frère et l'embrasse avec tendresse. D'un signe de tête, elle salue sa belle-sœur. Elle semble ne plus vouloir de contact physique avec elle.

— Comment te sens-tu ? continue Lucien.

— Mieux, mais j'ai toujours cette boule au ventre… Je n'ai toujours pas repris le travail.

— Tu as eu beaucoup de chance… quand on sait l'enfer que cette pauvre Mme de la Châtelière a vécu, rétorque Josie.

Louis regarde sa femme. Pour la première fois, il la voit sous un autre jour. Sa façon d'être la montre ombrageuse, irascible… Elle, si douce et délicate. Elle dévisage Josie avec antipathie.

— Beaucoup de chance ! Beaucoup de chance !… Que sais-tu, toi, de ce que j'ai pu ressentir ?

Emma est blême. Elle s'approche de sa belle-sœur jusqu'à lui frôler la robe, et la fixe.

— Ce n'est pas toi qui as vu la cruauté glacée qui se dégageait de ce regard d'un bleu profond… D'ailleurs, les seuls yeux dont tu connais la couleur pour les avoir vus de très près sont les prunelles noisette de ton mari, n'est-ce pas ?

— Doucement, Emma, lui intime Lucien… Et pourquoi parles-tu de mes yeux ?

— Demande à ta femme… Je suis sûre qu'elle a une bonne explication.

Louis doit immédiatement mettre un terme à la confrontation qui s'annonce. Mais il n'a pas le temps de laisser filtrer le moindre mot.

— Je ne sais pas où tu veux en venir, déclare Josie, avec un calme souverain. Je suis navrée que tu sois si mal. Je ne voulais pas te blesser… Je crois que nous allons repartir, n'est-ce pas, chéri ?

— Eh bien, j'aurais voulu rester un peu… Ça fait un moment qu'on ne s'est pas vu mais, étant donné les circonstances… Tu as l'air tellement éprouvée que peut-être devrions-nous revenir une autre fois.

— C'est ça, répond Emma. Allez-vous-en et, la prochaine fois, je souhaite que Lucien vienne seul.

Josie met son manteau et son chapeau pendant que Lucien revêt son pardessus de laine. Elle jette un au revoir puis semblant se raviser, froidement, dit :

— Au fait, Louis, comment va la jolie Pilar ? Passe-lui le bonjour de ma part quand tu la verras.

Puis elle lui tourne le dos pour sortir. Lucien la suit sans mot dire, sans un regard pour son beau-frère. Louis est affligé. Emma n'a fait aucun commentaire. Elle dissèque son mari d'un œil acéré. Deux larmes viennent finir leur course aux commissures de ses lèvres peintes. Le grincement d'une porte les fait se retourner, pour voir Eugénie, l'air grave, qui les considère tristement

Mercredi 9 mars 1938

Louis vient de quitter Augustin, chez qui il est passé prendre des microfilms qu'il doit remettre au Loup, à Figueres. Les routes sont humides et le brouillard enveloppant. Il est fatigué de ces allers-retours incessants depuis deux mois. Les bombardements de la ville signifient que la Catalogne devient un enjeu pour les franquistes. Ses missions sont de plus en plus risquées et les routes de moins en moins sûres mais, heureusement, il se déplace en deux-roues, ce qui lui permet d'emprunter des voies secondaires ou encore des chemins de campagne.

Louis souffre en silence. Avec Emma, ils sont comme deux étrangers. Il la voit de plus en plus taciturne. Elle évite de le croiser. Elle a repris ses travaux ménagers, mais ne va plus chez les de la Châtelière, c'est devenu trop difficile. Elle se rend régulièrement sur la tombe de madame, sans doute pour expier on ne sait quelle faute.

Il n'a hélas pu plaider sa cause. Emma lui a défendu d'ouvrir la bouche et lui a répondu qu'elle savait déjà ce que Josie a laissé entendre. Son agresseur avait chuchoté à son oreille : « Je serais toi, je m'inquiéterais de savoir ce que mon mari trafique en Espagne. Je me suis laissé dire qu'il avait une belle brune qui l'attendait là-bas ! »

Elle a alors compris pourquoi parfois il rentrait si tard, pourquoi même il ne rentrait pas du tout. Beau-papa était une bonne excuse. Et ce qu'elle n'arrive pas à comprendre, c'est que M. Émile soit rentré dans le jeu... Mais c'est vrai que c'est monnaie courante, sa mère le lui avait dit... L'homme est rarement fidèle, c'est dans sa personnalité... Il a souvent besoin de courir plusieurs lièvres à la fois. Mais ce qui est vraiment aberrant, c'est qu'ils se soutiennent.

— Ma galinette, je t'en prie, écoute-moi, tu te trompes complètement !

— Non, je ne veux plus rien entendre, je ne veux plus que tu me touches. Et on ne se parlera que lorsque ce sera nécessaire.

Louis sait à présent pourquoi Emma est devenue si lointaine depuis son agression. Il n'aurait pas dû attendre pour lui dire la vérité... Même si M. Émile le lui avait défendu, il aurait dû le faire car il savait ce qu'il risquait à se taire. Maintenant, il ne veut pas perdre ce bonheur si précieux.

Une question le taraude cependant. Comment Josie connaît-elle l'existence de Pilar ?

Serait-il possible qu'elle ait une relation avec le milieu extrémiste ? Mais bien sûr, maintenant qu'il y repense, quand Emma s'est mise en colère contre sa belle-sœur, elle a parlé de la couleur des yeux de son assaillant en insinuant que Josie les connaissait. Tout s'expliquerait alors. Son amant pourrait être l'agresseur d'Emma, peut-être même un émissaire des cagoulards. Rien n'a été dérobé chez M. et Mme de la Châtelière, rien n'a été cassé ni dégradé. Les assassins de Mme de la Châtelière ont ainsi lancé un avertissement aux différents réseaux qui agissent dans le Languedoc-Roussillon. Il doit élucider cette histoire au plus tôt avec Josie.

Louis dépasse le col de Panissars. Pendant son trajet, il a aperçu du matériel militaire russe se dirigeant vers le Perthus. Léon Blum a rouvert la frontière avec l'Espagne, ce qui permet aux alliés des républicains espagnols de véhiculer des armes. Malheureusement, n'est-il pas trop tard ?

Pilar l'attend depuis une heure. Louis s'excuse de son retard dû à une mauvaise météo.

Pedro, un agent espagnol, arrive accompagné du Loup. Les documents changent de mains. L'entrevue n'aura duré qu'un quart d'heure.

C'est alors que, sans trop réfléchir, et bien que le retour risque d'être difficile, Louis propose à la jeune femme de la ramener. Il n'a pas préparé son arrivée en France, mais Augustin se fera un plaisir de la recevoir, à n'en pas douter, et au moins elle sera à l'abri du conflit. Pilar, surprise, ne sait ce qu'elle doit faire. Partir veut dire abandonner ses compatriotes à leur sort, fermer son établissement et surtout quitter la résistance. Après une hésitation, légitime somme toute, elle finit par se décider à rassembler quelques affaires dans un sac, peu encombrant malgré tout pour pouvoir le placer sur la moto.

— Comment ça va chez toi ? lui demande-t-elle tout en triant les quelques vêtements à emporter. Tu as pu renouer le contact avec Emma ?

Il ne sait pas ce qu'il doit répondre. Cela semble si superficiel comparé à ce que vivent Pilar et ses compatriotes.

— Ça va aller. Il faut qu'elle arrive à surmonter ses peurs et tout ira mieux.

Il a tu l'épisode de Josie. À quoi bon ? C'est à lui de se débrouiller de cela ; elle a suffisamment de soucis à survivre.

— Ça va finir par s'arranger, assure-t-elle en fermant son bagage… Il faut la comprendre aussi… Ce doit être affreux de se laisser maltraiter de la sorte sans pouvoir se défendre. En fait, elle a vécu en quelques heures ce que nous vivons depuis des mois !

Pilar finit à peine sa phrase que deux hommes s'introduisent dans le bar.

— Vous êtes Martin Juve ? apostrophe dans un français écorché l'un des deux individus avec un fort accent italien.

— Ça dépend qui le demande ! Pourquoi ? répond Louis.

— Il faut passer cet homme en France, c'est urgent, poursuit l'inconnu en désignant son compagnon. Il est impératif qu'il soit à Paris demain soir.

— Mais qui êtes-vous ?

— Je suis le remplaçant de José, excusez-moi, je ne me suis pas présenté. Francesco Guibaldi et voici Otto Schneider, agent du réseau Sigmar. Il a des informations à transmettre. Louis lui demande le code. Francesco le lui transmet sans hésitation. À cet instant, Pilar saisit qu'elle ne partira pas encore cette fois.

— Je suis désolé, Pilar… Je te promets de revenir au plus tôt. Tiens-toi prête car ça peut être à tout moment.

Il la serre contre lui et, tout en se détachant, la soutient du regard. Pilar peut y lire la détermination de Louis, ce qui la réconforte. Bientôt, enfin, elle aura quitté cette terre de misère.

Samedi 12 mars 1938

Il est dix-huit heures, Louis vient de quitter son chantier situé non loin du garage de Lucien. Il décide d'en profiter pour s'y arrêter et avoir enfin la discussion tant attendue avec sa belle-sœur.

Il gare le vieux Renault sur le trottoir en face du bâtiment de son beau-frère et le rejoint à l'intérieur. Il arrive à hauteur du bureau et voit Lucien derrière les vitres, penché sur des papiers. Il frappe et entre sans attendre de réponse.

— Salut, ta femme n'est pas là ? demande-t-il précipitamment.

— Tu vois bien ! répond Lucien, plongé dans la lecture de documents.

— Elle est chez toi ?

— Qu'est-ce que ça peut bien te faire ?

— Je dois lui parler.

Lucien relève la tête. Il montre des signes d'impatience. Louis l'agace au plus haut point.

— Ma femme n'est pas à la maison, continue-t-il, pour la bonne et simple raison qu'elle m'a quitté.

Louis ne dit mot. Voilà qui n'arrange pas ses affaires. Après une courte pause, Lucien décide d'apporter des éclaircissements. Il rapporte que Josie l'a quitté peu après son altercation avec Emma. Elle a fini par avouer qu'elle avait bien un amant et qu'elle comptait faire sa vie avec lui…

— Et voilà, je reste seul comme un idiot !

— Je suis vraiment désolé, reprend Louis, je ne sais pas quoi te dire… Je voulais savoir comment elle connaissait Pilar.

— Et qui c'est, cette fille ?

— Disons que c'est quelqu'un que je connais en toute amitié et c'est tout. Il n'y a rien entre elle et moi. Elle m'a demandé si je pouvais l'aider à retrouver sa famille en France et c'est ce que j'ai fait.

— Oui, d'accord, mais tu la connais d'où ?

Louis n'a rien préparé. Il faut qu'il invente… et vite. Il déguise légèrement la vérité sur sa rencontre avec Pilar et lui signifie qu'il avait à faire des travaux chez elle au Perthus.

— Il y a un an et depuis nous gardons le contact en tout bien tout honneur.

— Ton patron t'envoie si loin ?

— Eh oui, les plombiers-zingueurs ne courent pas les rues.

— Et Emma, elle en dit quoi ?

— Pour le moment, pas grand-chose car elle ne veut pas m'écouter… Ça m'ennuie énormément, mais je suis sûr que ça va finir par s'arranger… Il me faut juste un peu de temps… et d'ailleurs, je compte lui présenter Pilar un de ces jours.

— Ah oui ? Eh bien, c'est tout le mal que je te souhaite… Tu m'excuses maintenant, j'ai du boulot.

Louis sent que son beau-frère ne le croit guère. Lucien est abattu. Josie aura fait beaucoup de mal, et pourquoi ? Par jalousie ? Par méchanceté ? Ou simplement par bêtise ? Louis cherchera encore longtemps des réponses.

Été 2015

Cinquième jour de coma pour Alexis. Mireille ne va pas pouvoir rester trop longtemps aujourd'hui. Elle doit rendre visite à sa mère, qui est en service de rééducation fonctionnelle à la suite d'un accident vasculaire cérébral qui l'a laissée hémiplégique trois mois plus tôt. À bientôt 85 ans, il lui faut un certain courage pour se battre. Mais elle a beaucoup de ressources. Depuis une dizaine de jours, elle apprend à se déplacer avec une canne. Mireille l'admire. C'est une femme qui a dû prendre son destin en main très jeune, ayant perdu ses parents. Elle et son frère se sont retrouvés sous la tutelle de leur sœur aînée, qui a pris en charge leur éducation comme une maman.

Mireille ne lui a pas dit le drame qui se joue actuellement. Elle préfère la préserver pour ne pas nuire à ses efforts. Elle a une grande complicité avec son petit-fils. Ils passaient beaucoup de temps ensemble quand Alexis était enfant, puis à l'adolescence. Mireille en était presque jalouse. Pourtant, il y avait d'autres petits-enfants à choyer et, bien que sa mère les adorât, il y avait un petit plus avec Alexis, et il le lui rendait bien, son amour. Il ne passait pas une semaine sans qu'il n'allât la voir et pas trois jours sans qu'il ne lui téléphonât. Ce fut un choc lorsque Mamadie – c'est ainsi qu'il l'appelait –fit son attaque. Chaque jour, il prenait des nouvelles ou lui rendait visite dès que son travail le permettait.

Et maintenant, c'est lui qui est là… couché dans ce lit… et Mamadie ne va pas comprendre pourquoi elle ne le voit plus. Mireille est si malheureuse. Combien de temps cela va-t-il encore durer ? Combien de temps à ne pas dormir, par crainte d'être réveillée en pleine nuit pour apprendre une mauvaise nouvelle ? Combien de temps va-t-il falloir encore qu'elle encourage sa belle-fille et soutienne ses deux petits amours ? Combien de temps va-t-elle tenir ?

Deux coups sont frappés à la porte. Une infirmière entre avec son chariot de soin, suivie d'une aide-soignante, les bras chargés de linge.

— Bonjour, madame… Je vais être obligée de vous demander de sortir un moment.

Elle ne dit mot et s'en va patienter dans le couloir. Là, pas de chaise. Elle attend, debout, en regardant le va-et-vient des soignants, au milieu du bruit des roulettes des chariots, des piétinements, des sonneries de téléphone ou de machines. De temps en temps, elle jette un œil à sa montre. Elle voudrait bien pouvoir passer encore un peu de temps avec son fils… Mais que font-elles ? C'est long ! Et puis, elle fatigue, ainsi debout… Elle se décide à s'appuyer contre le mur pour soulager ses jambes.

La porte s'ouvre enfin.

— Vous pouvez y aller, maintenant, l'informe l'infirmière avec un léger sourire.

Alexis a changé de position. Il est maintenu légèrement sur le côté droit par des oreillers. On l'a recoiffé et on lui a rafraîchi le visage. Un léger parfum d'eau de toilette a envahi la pièce. Il est tellement beau. Mireille se penche et l'embrasse. S'il n'y avait pas tout cet univers de machines, on pourrait penser qu'il fait la sieste, tout simplement.

VII

Lundi 4 avril 1938

Il y a deux semaines, Barcelone agonisait sous les assauts des bombes de l'aviation italienne, qui ont fait plus d'un millier de victimes. C'est la déroute. Les républicains qui tombent aux mains des nationalistes sont exécutés ou emprisonnés et torturés.

Aujourd'hui, après une nuit d'insomnie, Louis s'est décidé à aller chercher Pilar, après qu'il sera passé prévenir M. Émile. En ce début de matinée du 4 avril, alors qu'il emprunte la rue le menant à l'atelier de son patron, une déflagration le surprend et le fait chuter. S'ensuivent plusieurs explosions, et des projections de pierres et de béton arrivent jusqu'à lui. Il se couvre la tête de ses mains.

Un tantinet assommé, il entend des cris, des pleurs… Des « mon Dieu… mon Dieu », « ce n'est pas possible… ! », « ma maison ! » le font réagir. Il se remet debout et, titubant, avance dans la rue, entend les sirènes des pompiers puis arrive devant ce qui était l'entrepôt de M. Émile... Des flammes gigantesques semblent lécher le ciel, une épaisse fumée noire submerge peu à peu le quartier. Plusieurs habitations ont été soufflées. Il y a de nombreuses victimes à terre. Il veut porter secours, mais ses jambes se dérobent sous lui, il chute. Alors, il voit une plaie béante le long de sa cuisse gauche. Il vient de comprendre qu'il est blessé... Il s'évanouit.

La sirène stridente de l'ambulance le réveille. Il est allongé sur un brancard à l'intérieur du fourgon. Ballotté, il ressent une douleur lancinante qui se propage le long de sa jambe ensanglantée. Ne supportant pas cette souffrance, il comprime le haut de sa cuisse comme pour tuer le mal en l'étouffant. Chaque virage lui fait endurer le calvaire. Il s'évanouit de nouveau.

Enfin installé dans un lit, le membre immobilisé, Louis sort de sa torpeur. Emma est à son chevet, en compagnie d'un inconnu vêtu de blanc. Son visage encadré de cheveux gris hirsutes et ses yeux écarquillés, surmontés de lunettes rondes en écaille noire, lui donnent un air de savant fou. Un stéthoscope pendu à son cou achève le tableau.

— Monsieur Lastenouse, je suis le professeur Ferrera. Je vous ai ausculté à votre arrivée et administré des calmants. Vous avez des ecchymoses un peu partout et une très légère brûlure à l'avant-bras droit.

Louis, hébété, soulève son bras pour découvrir qu'il est bandé.

— J'ai soif, finit-il par dire.

— Hélas, vous ne pouvez rien prendre maintenant car nous devons vous opérer. Vous avez une méchante fracture et, franchement, je ne sais pas si je vais pouvoir sauver votre jambe.

Louis se demande s'il a bien entendu ce que vient de lui dire le médecin.

— Vous voulez dire que vous devez m'amputer ? Non, il n'en est pas question ! Faites ce que vous pouvez mais je vous demande de sauver ma jambe.

— Vous risquez la gangrène, monsieur Lastenouse !

Louis, effrayé, considère sa femme. Elle sait qu'elle doit lui venir en aide.

— Docteur, mon mari est plombier-zingueur, il répare des gouttières, il a besoin de ses deux jambes pour monter sur les toits, faites votre possible pour sauver sa jambe s'il vous plaît !

Le professeur Ferrera soupire en dodelinant de la tête. Il finit par répondre qu'il promet de faire tout son possible, mais qu'il faut savoir qu'il y a des craintes qu'il ne puisse faire autrement que l'amputer, et Louis doit être courageux car les soins vont être longs.

— À tout à l'heure en salle d'opération ! lui envoie-t-il en quittant la chambre.

Emma et Louis ont leurs regards qui se croisent. Il peut lire le tourment dans celui de sa femme. Il espère qu'elle va admettre que la vie peut vite basculer et qu'ils ont besoin l'un de l'autre.

— Comment va M. Émile ? Son atelier ? finit-il par demander. Elle lui fait remarquer la chance qu'il a eue de ne pas être encore présent sur les lieux lors de l'explosion… Il n'y a que des dégâts matériels, importants certes, des blessés, mais aucune vie n'a été prise.

Il est tellement soulagé par ce qu'il vient d'apprendre… Un léger sourire se dessine sur ses lèvres. Elle a parlé de chance, et c'est vrai, la chance est malgré tout de la partie même si lui doit y laisser sa jambe. Et pourquoi la chance tournerait-elle ? L'espoir que rien n'est fini avec Emma renaît.

— Ma galinette, il faut qu'on parle avant l'opération. Nous avons tant à nous dire.

Emma baisse légèrement la tête en se grattant délicatement le front. Puis la relève et le jauge, les yeux dans les yeux.

— Je ne sais plus que penser. Oui, nous avons à parler ; malgré tout, je ne suis pas prête à entendre ni même à pardonner.

— Mais il n'y a rien à pardonner, je n'ai rien fait de mal ! se révolte-t-il.

— Écoute, je préfère pour le moment qu'on en reste là. On se parlera à ton réveil.

Sur ces mots, Emma quitte la pièce, laissant Louis froissé et inquiet… Et s'il ne se réveillait pas ?

Il est 17 h 30, ce 4 avril, lorsque Louis se réveille enfin après quatre heures d'intervention. La soif le tenaille. Des fils reliés à un goutte-à-goutte descendent jusqu'au pli de son coude droit dans lequel une aiguille est piquée.

Après un tour d'horizon, il distingue sept autres lits occupés, qui encadrent le sien.

— Ah ça y est, vous êtes ressuscité ?

Son voisin de droite l'interpelle.

— Je me sens encore comme dans du coton, répond-il.

— C'est normal, il y a encore un peu d'effet de l'anesthésie.

— Vous êtes docteur ? demande Louis, narquois.

— Non, mais j'ai été opéré il y a trois jours.

Louis est fatigué et espère que l'énergumène ne va pas jacasser à longueur de temps.

— Vous voulez que j'appelle quelqu'un ?

— S'il vous plaît.

Ce faisant, quelques minutes plus tard arrive une infirmière poussant une sorte de table roulante contenant du matériel de soin. Derrière elle, la stature du docteur Ferrera se dessine

— Alors, comment vous sentez-vous, monsieur Lastenouse ?

— Ma jambe ? demande-t-il inquiet.

— Tout va bien, je l'ai sauvée… Maintenant, il va falloir éviter toute infection par des soins quotidiens. Je vais être obligé de vous garder pas moins d'un mois.

Louis est complètement désemparé. Que va devenir Pilar ?

— Ce n'est pas possible, il faut que je reparte au plus tôt, je dois me rendre en Espagne.

— Je regrette, mais vous n'avez pas le choix… Et puis l'Espagne, en ce moment, il n'y fait pas bon vivre… Non, croyez-moi, vous êtes mieux ici… À tout à l'heure.

Le docteur Ferrera le laisse entre les mains de la jeune infirmière, pour continuer ses visites.

— Je fais ce que j'ai à faire près de vous et je fais entrer votre dame.

Après quelques minutes, le temps pour la soignante de prendre la température et de lui faire avaler son traitement, Louis voit enfin apparaître Emma. Elle lui a apporté deux oranges et une tablette de chocolat. Un vrai festin pour lui, mais de la folie car les oranges coûtent très cher ; c'est un fruit exceptionnel, que l'on trouve en cadeau dans ses chaussures le 25 décembre.

Malheureusement, Emma ne s'attardera pas, il lui faut récupérer les enfants à l'école.

Ils échangent alors des banalités. Louis, trop fatigué pour mener toute discussion qui pourrait influencer Emma et la ramener dans ses bras, a conscience qu'il doit être raisonnable et reprendre des forces avant tout.

Jeudi 7 avril 1938, 6 heures du soir

Louis est sur un toit et marche sur le faîtage, avançant d'un pas mal assuré ; une douleur déchirant sa jambe lui fait perdre l'équilibre et il tombe dans un trou sans fond, le cœur au bord des lèvres.

Il sursaute, bondit tel un diable sortant de sa boîte et finit par ouvrir les paupières dissimulées derrière le journal qu'il lisait au moment de son assoupissement.

Près de lui, assis, M. Émile attend patiemment son réveil.

Louis se frotte les yeux et étouffe un bâillement.

— Ah, vous êtes là ! Excusez-moi, je m'étais assoupi.

— Ce n'est pas un problème, Louis. Comment te sens-tu ?

— J'ai mal, mais il paraît que c'est bon signe… Ça veut dire que les chairs sont vivantes.

— Hélas, il va falloir que tu prennes ton mal en patience.

Louis acquiesce de la tête puis lui demande des précisions sur l'accident de son atelier. M. Émile lui apprend alors qu'il s'agirait en fait, d'après l'enquête judiciaire, de plusieurs explosions de dynamite. Heureux hasard pour Marcel, Louis et lui-même, de n'avoir pas été sur les lieux au moment de l'attentat.

— Parfois je me dis qu'il y a un bon Dieu ! conclut-il.

— Oui… Peut-être ! Mais s'il y a eu attentat, c'est que vous êtes pisté ! Il y a des risques que ça recommence quand ils vont savoir qu'ils ont raté leur coup.

— La police pense que c'était plutôt de l'intimidation ; sinon, les terroristes, pour les appeler comme ça, auraient fait en sorte que je ne m'en sorte pas.

Louis est dubitatif. En souhaitant qu'il ait raison. Mais une réflexion s'impose à lui : tout tourne autour d'eux. D'abord Augustin, puis Emma et M. Émile.

Louis retient sa respiration… Augustin ? Pourvu qu'il ne subisse pas de nouveau une attaque ! Son patron le rassure, son père est très prudent, surtout maintenant.

— Ses chiens le sécurisent, ce sont deux bons chiens de garde…

Louis approuve d'un signe de tête. Oui, il a bien fait de lui offrir ces chiens. Au moins le préviennent-ils à la moindre alerte.

— Avez-vous des nouvelles d'Espagne ?

— Oui et elles ne sont pas réjouissantes. Les rebelles ont fait une avancée remarquable. Ce qui me fait peur dans tout ça, c'est que, chez nous, ça ne s'arrange pas non plus. J'ai peur pour l'avenir.

Louis remarque que M. Émile est soucieux. Il a le teint crayeux, des cernes marquent son regard mordoré, il semble avoir maigri et a le dos voûté.

La soixantaine bien sonnée, son patron porte le poids des années et du malheur. Il reconnaît les prémices d'un conflit, ayant eu l'expérience du premier chaos de ce XXe siècle.

— Je voudrais vous demander un service, reprend Louis à voix basse, pourriez-vous parler à Emma… Elle est si malheureuse !… Elle pense que j'ai une maîtresse.
— Je suis désolé mais, pour le moment, il faut encore garder le silence.
M. Émile jette un regard autour de lui, se penche vers l'oreille de son compagnon de lutte et, d'une voix atténuée, l'informe qu'une opération de grande envergure au nom de code « Délivrance » est en cours de réalisation, ce qui, du moins il l'espère, pourrait faire un retournement de situation en faveur de l'Espagne républicaine, et ainsi compromettre l'entente entre Hitler et Franco.
Louis s'impatiente. Il est immobilisé pour plusieurs semaines et ne pourra pas intervenir auprès de Pilar.
— En réponse à tes interrogations, Pilar n'est plus à Figueres depuis les bombardements de Barcelone. Elle se cache chez les partisans. Elle sait qu'il lui faut attendre au moins jusqu'à ta remise sur pied.
— Comment avez-vous su qu'elle était partie ?
— Nous l'avons aidée. Ne t'en fais pas, là où elle est, elle ne craint rien.

— Si je vous donnais l'adresse de sa famille en France, pourriez-vous lui faire passer la frontière ?

— Non, ce n'est pas le moment… Peut-être après… Enfin, tu vois ce que je veux dire. Quant à Emma, quand elle saura, elle se trouvera bien bête d'avoir été jalouse… Tu verras alors, tout rentrera dans l'ordre. Elle sera fière de toi… Je vais te laisser maintenant et je te tiendrai informé de ce qu'il se passe là-bas, d'accord ? Remets-toi vite, car nous avons besoin de toi.

Louis est exaspéré. Être là, prisonnier de ses blessures, alors qu'il y a tant à faire sur l'autre versant des Pyrénées…

Il finit par serrer la main tendue de M. Émile. Celui-ci se recoiffe de sa casquette et, d'une démarche lourde, se dirige vers la sortie.

Les semaines s'écoulèrent entre les soins, la réadaptation médicale et les visites. Louis a beaucoup souffert malgré les calmants. Il est resté hospitalisé plus longtemps que prévu, la cicatrisation se faisant mal.

Aujourd'hui, 19 mai, il rentre enfin chez lui. Une paire de béquilles en bois l'aidera dans ses déplacements. Il ne peut encore poser le pied par terre. D'après le professeur Ferrera, il va devoir se languir de courir comme un lapin encore pendant un mois.

En Espagne, les franquistes gagnent du terrain. Mi-avril, l'armée nationaliste a atteint la Méditerranée, coupant ainsi en deux le territoire républicain, isolant la Catalogne de Madrid.

L'offensive dont avait parlé M. Émile a été compromise et les conspirateurs arrêtés et passés par les armes. Un petit village à quelques kilomètres au sud de Barcelone a été la proie de la vindicte franquiste. La population a été massacrée. Femmes, enfants, vieillards, qui n'ont pas compris pourquoi tant de haine, pourquoi et comment des hommes peuvent infliger un tel martyre à d'autres hommes et au nom de quelle idéologie ?

Louis a peur. Que va devenir son pays si une guerre éclate ? Pourtant, c'est ce que laissent présager les personnes qui son au plus près des évènements en Espagne. Mais, à Paris, on fai la sourde oreille. On ne veut pas voir la menace qui plane sur l'Hexagone. Au nom de la paix, on s'allie avec un ennemi de la pire espèce, un ogre qui regarde vers la France avec un appétit démesuré.

Emma semble heureuse de son retour. Elle lui a préparé un gâteau au chocolat. Les enfants sont là, on est jeudi et il n'y a pas école. Les cadets l'embrassent l'un après l'autre avec précaution.

— Tu nous as tellement manqué, mon Papounet d'amour, lui dit Madeleine, les yeux mouillés d'émotion.

— Et à moi donc, mes pitchounes.

Il s'assied afin de les prendre plus facilement dans ses bras. Eugénie, restée légèrement en retrait, finit à son tour par s'approcher et lui dépose un baiser sur le front.

— Bonjour, papa… Contente de ton retour, lui avoue-t-elle pudiquement.

Louis ne peut s'empêcher de ressentir une certaine froideur de sa part. Mais peu importe, voilà le bonheur simple, se dit-il, avoir sa famille à ses côtés et partager des moments privilégiés. Profiter de chaque minute avec chacun d'eux et savourer le temps qui passe. Écouter, contempler et goûter ces délicieux instants. Il n'en faut pas plus pour qu'il se sente vivant.

Les jours défilent mais pas assez rapidement pour lui. L'inaction lui pèse. Emma se montre plus douce et même plus attentionnée mais, lorsqu'ils échangent leurs regards, il croit y déceler une certaine lassitude. Elle ne cherche pas la discussion. Elle reste sur sa réserve. Malgré quelques tentatives pour entamer le débat qui lui tient à cœur, il se heurte à un mur. Décidément, elle n'est toujours pas prête ou alors ne veut plus entendre un mot à ce sujet. Louis a décidé de laisser faire le temps.

Mercredi 8 juin 1938

Louis se déplace de mieux en mieux. Bientôt les béquilles ne lui serviront plus à rien. Il a hâte de remonter sur sa moto. Elle a subi de lourdes réparations après l'attentat du 4 avril. La peinture a également été refaite. Elle est d'un joli noir verni qui remplace le blanc cassé et les points de rouille qui commençaient à l'attaquer.

Il lit la République sociale, petit journal local, lorsque l'on frappe à la porte. Emma est partie à son travail et les enfants à l'école. En boitillant, il va ouvrir.

Augustin se tient droit devant lui.

— Papa… Que je suis heureux de te voir… C'est une belle surprise.

— Eh adieu, mon garçon… Je suis vraiment ravi de te voir en aussi bonne forme.

— Mais entre donc !

Louis n'a pas vu son père depuis son accident. Les déplacements ne sont pas toujours aisés. Il n'a pas de permis de conduire et doit prendre le train jusqu'à Narbonne, puis le bus jusque chez eux. Âgé de 75 ans, il ressent la fatigue de son dur labeur.

Son père assis à la table familiale, Louis sort deux verres et une bouteille de rosé.

Les voilà tous les deux dégustant la dernière récolte d'Augustin. Ils conversent de choses et d'autres puis en arrivent à leur sujet de prédilection, l'Espagne. Le remplaçant de Louis ne plaît guère à Augustin. Il le trouve trop curieux, il pose beaucoup de questions. D'ailleurs, il se demande s'il n'y serait pas pour quelque chose dans l'échec de l'opération « Délivrance ».

— Qu'est-ce qui te fait dire ça ?

— Je n'ai aucune preuve bien sûr, mais j'ai comme un sentiment d'insécurité avec lui. Je le trouve désinvolte. C'est vrai qu'il est jeune… à peine 22 ans, mais son comportement me gêne, il manque de discrétion.

— Tu sais bien qu'à cet âge-là, on se croit invincible. Il est sans doute trop sûr de lui.

— J'espère que ce n'est que cela et qu'il sait tenir sa langue !

Louis finit par demander s'il a des nouvelles de Pilar. Non, pas de récentes, lui a-t-il répondu. Mais jusque-là tout allait bien pour elle, si du moins on peut penser ainsi vu les circonstances. Elle suit les déplacements des maquisards et il a entendu dire qu'elle participe activement à leurs mouvements.

— C'est une femme très courageuse ! admet Louis.

Augustin, un sourire aux lèvres, détaille son fils de ses yeux noirs. Il a l'air de se demander si Louis n'a pas le béguin pour cette femme.

— Je t'arrête tout de suite, papa… J'aime Emma plus que tout. J'ai de l'affection pour Pilar, c'est vrai, mais comme un frère peut aimer une sœur.

— Bien sûr, mon garçon, je trouve juste que tu parles d'elle avec beaucoup d'enthousiasme.

— Il faut reconnaître qu'elle a du cran.

Tous deux lèvent alors leur verre et boivent à la santé de Pilar.

— Papa, j'ai un service à te demander.

Augustin voit que son fils a l'air bien sombre tout à coup, il est inquiet depuis son accident. Bien qu'ils se soient vus très peu, il a pu remarquer les tensions entre sa bru et son fils. Quand on est parent, on ressent toutes les émotions de son enfant, même si celui-ci s'évertue à les cacher.

Louis lui fait part que, après sa prochaine mission, il ramènera Pilar et souhaiterait qu'Augustin l'héberge pour un moment, le temps nécessaire pour lui de prévenir sa famille.

— Tu ne l'as pas encore fait ? réplique son père, surpris.

— Disons que je n'en ai pas eu l'occasion avant mon accident et je crains ne pouvoir le faire avant son retour.

— Tu les connais ?

Louis secoue sa tête affirmativement et lui apprend tout ce qu'il sait, depuis ses premières recherches auprès de sa tante jusqu'à la réponse des Chemins de fer de Montpellier. Son père l'écoute attentivement, quelque peu dérouté par ce que vient de lui dire son fils.

— Entendu, je la prendrai sous mon aile... Mais ne tarde pas trop quand même à faire ce qu'il faut.

— Dès que le moment opportun se présentera.

Été 2015

Sixième jour
Mireille surprend Céline en pleurs à son arrivée. Elle s'approche de son fils et constate la pâleur de son visage, sa peau est presque transparente. Elle l'embrasse. Alexis est moite et froid. Sa respiration est rapide. Tout en continuant à le scruter, Mireille demande à sa belle-fille s'il y a du nouveau. Céline vient prendre sa belle-mère par les épaules et lui dit, après une longue hésitation, qu'elles ont failli le perdre ce matin.
— Quoi ? s'insurge Mireille, mais qu'est-il arrivé ? Et pourquoi n'ai-je pas été avertie ?
— C'est arrivé au moment de la toilette. L'aide-soignante qui s'occupait de lui m'a dit qu'il a eu tout à coup un soubresaut, qu'il s'est mis à claquer des dents, puis il a été agité de très fortes secousses et, quand tout est redevenu calme, son cœur s'était arrêté de battre.
Céline s'arrête brutalement, étranglée par les sanglots. Mireille sent la nausée monter et est au bord de la syncope... Elle cherche désespérément une chaise. Céline s'empresse pour la retenir au moment où elle va chuter. Elle assied sa belle-mère au pied du lit.
— Ils ont bataillé pendant plus de vingt minutes, reprend Céline, mais ils ont réussi à le réanimer.

— Mon tout petit… mon bébé…

Mireille est abattue par ce qu'elle vient d'apprendre. Elle se demande ce qu'elle a fait pour être ainsi châtiée. N'a-t-elle pas toujours vécu honnêtement ? N'a-t-elle pas toujours fait ce qu'on lui demandait ? N'a-t-elle pas été présente lorsqu'on avait besoin d'elle ? Alors pourquoi ce supplice… et surtout pourquoi Alexis ?

Elle se souvient combien de fois elle a eu peur qu'un tel malheur arrive lorsqu'il venait d'avoir son permis moto et qu'il partait des week-ends entiers en virée avec les copains. Mais ce n'est pas la moto qui a eu raison de lui.

Deux coups frappent à la porte et le médecin chargé d'Alexis entre sans attendre. Après un timide bonjour, il examine le jeune homme rapidement, puis se tourne vers les deux femmes, qui sont suspendues à ses lèvres.

— Nous avons bien cru qu'il nous quittait, ce matin ! affirme-t-il… Mais c'est compter sans sa jeunesse et son ardeur à se battre.

— À quoi voyez-vous qu'il se bat, docteur ? demande Céline, troublée.

— Parce que nous n'aurions jamais pu le ressusciter s'il en avait été autrement. Maintenant, j'ai bon espoir pour la suite des soins.

— Vous pensez qu'il va se réveiller ?

— En tout cas, il fait tout pour, conclut-il. Je vous laisse, mesdames, car d'autres patients m'attendent. Bon courage. Il repart comme il est venu. Les deux femmes se regardent puis se jettent dans les bras l'une de l'autre. Enfin une bonne nouvelle, l'espoir peut renaître… Alexis a envie de vivre et cette envie va le mener vers la lumière.

VIII

Mardi 28 juin 1938

Louis a repris la route de la Catalogne ce matin aux aurores. Il va chercher le remplaçant de Loup, assassiné aux portes de Madrid. La capitale s'asphyxie peu à peu sous les assauts des nationalistes. Les Madrilènes souffrent de plus en plus du manque de nourriture, de munitions et toutes sortes de fournitures. Les brigades internationales, qui aident la république espagnole intra-muros, sont à bout de souffle. Madrid subit depuis novembre 1936 les affres des franquistes, bombardements et offensives. Il est à craindre la prochaine reddition de la capitale d'ici quelques semaines ; avec un peu de chance, elle tiendra quelques mois.

Il a rendez-vous à Barcelone. En empruntant la route 13, Louis a croisé de nombreuses hordes se rendant au Perthus pour essayer de trouver une vie meilleure en France, ce qui a grandement ralenti son allure. Des hommes au regard vide, des femmes aux yeux apeurés, des enfants au visage encrassé par la poussière que des jours de marche ont figée sur ces frimousses d'ange et qui n'ont plus de larmes tant ils ont pleuré… Pour certains, ils marchent tête baissée, n'ayant jamais eu les moyens de s'offrir un cheval et une carriole ; d'autres sont à vélo et pour d'autres encore, un peu plus aisés, un véhicule agricole les transporte.

Un vrombissement gronde dans le ciel, alors des cris s'élèvent et tout le monde s'éparpille, cherchant un endroit, un fossé, pour se mettre à l'abri des bombes. Louis continue tout en scrutant l'horizon. Il ne faut surtout pas qu'il s'arrête. Il entend le bruit détonant des projectiles, il évite de justesse la population effrayée qui ne fait pas attention à lui. Il zigzague mais réussit à se frayer un chemin au milieu de la cohue. Il finit à son tour par trouver refuge dans un bosquet. Alors qu'il descend de son engin, il regarde en amont de la route et distingue des corps couchés, des silhouettes penchées sur certains de ces corps, des animaux éviscérés, des enfants errant et criant, cherchant une main secourable. L'avion a disparu en laissant derrière lui cette misère humaine à laquelle il a contribué dans une indifférence totale.

Après quelques minutes, Louis repart, chamboulé. Il ne peut rien pour ces gens. On compte sur lui de l'autre côté de la frontière.

Il parcourt les cent quarante kilomètres qui le séparent de la capitale catalane, la boule au ventre. La crainte d'un nouveau raid, la peur de rencontrer l'agonie au détour de sa route, de dépasser la mort sans pouvoir mettre pied à terre, de n'avoir aucun pouvoir.

Barcelone se montre enfin. Elle se dresse au milieu du chaos, telle une partisane, blessée mais toujours prête à en découdre. Son architecture déstructurée par endroits montre combien les combats sont rudes. Louis remonte les rues au pas, en abordant en plusieurs lieux des barricades dressées cloisonnant en partie un quartier. Il s'infiltre au travers. Les résistants, occupés à défendre leur vie et leur patrie, ne s'intéressent pas à lui. De temps en temps, il perçoit des tirs de balles.

La ville est éventrée par endroits. Des constructions entières sont à l'état d'éboulis. Là, un chien perdu cherche à se nourrir. Plus loin, une poignée d'hommes munis de pelles fouillent les gravats. Une femme vêtue de noir, un fichu sur la tête, est assise sur une pierre, au pied de ce qui reste de sa maison, les yeux clos, la figure exsangue, appuyée sur l'unique chambranle de ce qui devait être la porte d'entrée, semble prier le ciel.

Louis se faufile au milieu des décombres jusqu'au onze de la Rambla Catalunya. Devant une grande porte de bois à demi ouverte d'un immeuble encore debout, se tient un jeune homme longiligne, un fusil au canon rouillé à la main.

Louis se gare, descend de son engin et se présente au garçon, qui semble l'attendre. C'est un gamin âgé de 17, 18 ans, famélique. Ses grands yeux aux cils très fournis lui mangent en partie un visage anguleux.

— Bonjour, c'est bien ici qu'habite votre grand-père ? demande Louis en français.

— Oui, mais il n'est pas là aujourd'hui, lui répond le jeune homme avec un fort accent espagnol.

Rassuré par le code, Louis continue :

— Martin Juve, dit-il en tendant la main.

— Enrique Rodriguez, répond le jeune homme en la lui saisissant. Vous n'avez pas eu d'ennuis pendant votre trajet ? Avec tous ces bombardements et les gens qui sont sur les routes.

— Je ne vais pas vous dire que tout s'est bien passé, mais je suis là, non ?

Enrique est apparemment intrigué par ce compagnon de combat qui se déplace avec un moyen peu conventionnel. Il contourne la moto, la détaille et l'admire, lui qui ne connaît que la marche.

— Bel engin ! finit-il par dire. Je vais vous demander d'attendre quelques minutes.

Pendant qu'Enrique s'absente à l'intérieur du bâtiment, Louis en profite pour se désaltérer à la gourde qu'il prend toujours soin d'emporter dans ses sacoches.

Enfin, le jeune homme revient accompagné d'un homme d'une quarantaine d'années, petit et maigre, qu'Enrique présente comme Hans Hertz, commandant du réseau Weißer Vogel, l'oiseau blanc en français, qui recoupe des informations sur l'armée allemande. Louis doit le faire impérativement passer en France pour Toulouse d'où il rejoindra Paris.

À Narbonne, Louis a repris son travail de plombier-zingueur. Tout s'est bien déroulé avant-hier sur la route du retour. Malgré les raids aériens italiens, il a pu ramener l'agent double allemand qui, à cette heure-ci, est sur la route de Paris.

À son arrivée tardive à la maison, il trouva Lucien attablé avec Emma et les enfants. Voici quatre mois que sa femme l'a quitté sans lui donner la moindre nouvelle. Pourtant, il avait l'air plus déprimé que d'habitude. Emma se leva pour accueillir son mari d'un baiser sur la joue. Sa relation avec elle n'est pas toujours facile, la communication est souvent banale, mais il lui semble que la confiance revient peu à peu. Il n'a pas justifié son retard et elle ne lui a rien demandé. Pendant que son beau-frère le saluait d'un signe de tête, ses enfants vinrent l'embrasser comme à l'accoutumée, les deux derniers lui plaquant un baiser sonore, alors qu'Eugénie l'effleurait sur le front.

Son couvert l'attendait. Après s'être lavé les mains, il s'installa à son tour autour de la table. Emma, dans un silence solennel lui servit la soupe.

— Et alors, Lucien, comment vas-tu ?

Lucien ne leva pas les yeux de son assiette. Il prit son verre empli de vin rouge, le but d'un trait et s'essuya la bouche d'un revers de manche. Du temps de Josie, il n'aurait jamais fait cela, pensa Louis.

— Comment veux-tu que ça aille ? Mais c'est vrai, toi, toujours parti à droite ou à gauche, comment pourrais-tu connaître mes sentiments ? Ou encore savoir ce que je viens d'apprendre à Emma.

Louis est interloqué par ce ton belliqueux. Son beau-frère, tout comme Emma, est quelqu'un qui mesure ses paroles… Mais il faut reconnaître que, depuis le départ de Josie, Lucien se replie de plus en plus et se montre particulièrement horripilant.

— J'ai eu la visite de la gendarmerie, poursuit Lucien. Ils sont venus m'apprendre qu'ils avaient retrouvé un corps dans le Gardon, et que ça faisait plusieurs jours, pour ne pas dire semaines, qu'il y séjournait. Ils m'ont demandé de me rendre à l'hôpital de Nîmes pour reconnaître éventuellement le corps de… (Sa voix se mit à trembler.)… de Josie, déclara-t-il dans un souffle.

Il se tut un moment. Emma réagit face à la présence des enfants et leur demanda de quitter un moment la table, et d'attendre qu'elle les rappelât.

Lucien se frotta un instant les yeux, renifla et continua.

— Quand je suis arrivé à la morgue de l'hôpital, la nausée m'a pris, la peur que ce soit elle me hantait jusqu'au moment où le drap qui recouvrait le cadavre glissa.

Lucien se tut de nouveau et fit signe à Emma de remplir une nouvelle fois son verre, qu'il but d'un trait également. Louis attendait, patient.

— C'était bien le corps de Josie… Malgré le visage tuméfié et gonflé, j'ai reconnu le grain de beauté à sa tempe gauche, et les vêtements qu'ils m'ont présentés.

Lucien, accablé, leur apprit qu'elle avait été exécutée d'une balle dans le cœur et la nuque.

— Mais pourquoi ? demanda Louis, perplexe… Qu'est-ce que cela veut dire ?

Son beau-frère souleva les épaules. Il fouilla alors dans la poche droite de son pantalon et en sortit un paquet de gitanes maïs. Il en extirpa une cigarette, qu'il porta à sa bouche et qu'il alluma de son briquet à gaz. Louis ne dit mot. C'était la première fois qu'il voyait Lucien fumer. Dans la famille, il n'y avait que leur père, Victor, qui aimait en griller une après chaque repas. Mais ce n'était pas un fumeur invétéré.

Après avoir tiré deux bouffées, Lucien se décida à répondre :

— Elle aurait fait partie d'un groupe fasciste, notamment celui qui a agressé Emma.

— Quoi ?

Louis resta médusé. Il regarda tour à tour son beau-frère, puis sa femme. Lucien se renferma dans le silence. Emma blêmit et se mit à convulser. Elle chancela et Louis accourut à temps pour la retenir de tomber de sa chaise. Elle semblait manquer d'air. Il appela Eugénie à la rescousse. Celle-ci l'aida à transporter sa mère jusqu'à son lit. Une fois allongée et recouverte d'une couverture qui, par cette soirée d'été, semblait totalement superflue, Emma commença à mieux respirer puis s'endormit presque aussitôt, comme pour effacer de sa mémoire l'effroyable peur qui la persécutait depuis ce jour où tout avait basculé.

Louis et Eugénie revinrent auprès de Lucien et des enfants qui étaient sortis précipitamment de leur chambre à l'appel de leur père. Des traces de larmes étaient visibles sur le visage de Madeleine tandis que celui de jean offrait une pâleur extrême.

— Maman va mieux ? demanda le jeune garçon, inquiet.

— Oui, elle se repose maintenant, lui répondit son père. Allez, nous allons finir de souper puis vous irez vous coucher à votre tour.

Le repas se poursuivit en toute discrétion. Lorsque tout le petit monde fut couché, Louis invita Lucien dans le patio, où ils s'installèrent pour boire un dernier verre. Il posa enfin la question qui le démangeait.

— Comment la gendarmerie est-elle arrivée à cette conclusion ?

Lucien posa un regard évasif sur son beau-frère.

— C'est d'après l'enquête menée par le commissaire Millard de la police criminelle de Paris… Tu le connais, je crois ?

Louis acquiesça d'un hochement de tête. Lucien ajouta que le commissaire était remonté jusqu'à son amant, qui se faisait appeler Georges.

— En fait, il travaille, parce que lui, ils ne l'ont toujours pas épinglé, pour un groupuscule appelé la Cagoule… Tu en as déjà entendu parler ?

— Oui, je vois à peu près ce dont il s'agit. C'est un réseau du parti d'extrême droite.

— À ce qu'il paraît, il y aurait du beau monde à la tête de ce réseau ! La plupart des attentats de ces deux dernières années, sans parler des assassinats, sont son œuvre.

Louis apprit que le fameux Georges s'appelait en fait Henri Hertzog, d'origine alsacienne, avec un casier judiciaire bien fourni en cambriolages et trafics en tout genre. Il comprend qu'il avait vu juste. Ce Henri a eu besoin de Josie sans doute pour en connaître un peu plus sur Louis et, par conséquent, sur Emma, Augustin et le réseau Melchior. Devenue encombrante, car il ne pensait certainement pas la garder, il n'a pas hésité à la supprimer… Josie ne faisait pas partie du plan. Elle n'a été qu'un dommage collatéral. L'amour rend aveugle… Elle s'est laissé emporter par son sentiment pour cet individu, elle a tout quitté pour, en fait, courir au-devant de sa propre mort !

— Tu sais, reprit Lucien, je n'arrive pas à lui en vouloir du mal qu'elle m'a fait. Aujourd'hui, je suis accablé et je ne sais pas comment je vais pouvoir continuer ma vie.

— Tu vas te reprendre en main, tu es encore jeune et tu referas ta vie avec une femme qui t'aimera comme tu le mérites, et cette fois tu fonderas une famille... Crois-moi, Lulu la vie continue.

Lucien se leva et prit son beau-frère dans ses bras.

— Merci de ton soutien, Louis, et j'espère que tu as raison. Maintenant, je vais rentrer car j'ai un garage à faire tourner et des employés qui comptent sur moi. Tu embrasseras Emma et les pitchounes pour moi.

Ils se serrèrent la main d'une poigne de fer et, Lucien, un peu réconforté d'avoir pu parler et d'avoir été entendu, quitta les lieux.

Lundi 11 juillet 1938, 8 heures

Louis est soulagé ce matin, il chevauche sa monture de fer pour retrouver Pilar et la ramener à Talairan. Il lui a fait passer le message par un de leurs contacts communs qu'il a rencontré chez son père. Maintenant, il roule à vive allure. Il voudrait déjà être à ce soir, qu'il soit avec elle et qu'enfin tout se termine. La Catalogne n'a plus d'avenir, les belligérants envahissent peu à peu le territoire. La plupart des combattants antinationalistes se cachent dans le maquis.

Il est parti avant qu'Emma ne se réveille. Il lui a déposé un baiser sur le front, puis caressé la joue et enfin lui a laissé un mot l'informant qu'elle ne devait pas l'attendre ce soir, qu'il passerait la nuit chez son père, à Talairan, qu'il avait beaucoup de choses à lui dire, qu'il le ferait dès son retour et qu'elle devra l'écouter car tout n'est qu'un malentendu. Il a fini son écrit par un « je t'aime » puis l'a placé sur la table de la cuisine bien en évidence.

Louis espère enfin que sa femme se montrera compréhensive. S'il le faut, il demandera à M. Émile de l'accompagner pour le soutenir dans sa version des faits. Ces derniers mois ont été tellement difficiles. Une fois Pilar en France, Louis veut demander de cesser ses expéditions. Il veut maintenant se consacrer totalement à sa famille. Il souhaite que son père sorte aussi du réseau. Puisqu'il sera chez lui, il va en profiter pour le convaincre de cesser ses activités clandestines. Ce n'est plus de son âge. Mais il connaît Augustin et sait très bien qu'il va lui falloir lourdement argumenter.

Le nouveau gouvernement français a fermé la frontière franco-espagnole pour la seconde fois. Heureusement, Louis se faufile très facilement. Il a emprunté un sentier forestier situé à une cinquante de kilomètres à l'ouest du Perthus et a rejoint une route départementale, un peu moins fréquentée que la nationale 13. Il doit se rendre à Sant Marti Sesserres, un hameau au milieu de forêts, situé au pied d'une chaîne de montagnes, la Sierra del Mont, un lieu idéal pour se soustraire à la vue du franquiste. La route est par endroits peu carrossable. Il doit ralentir son avancée. Il croise parfois quelques groupes de réfugiés se dirigeant vers la frontière. Enfin la perspective du clocher de l'église de Sant Marti se dévoile. Louis parvient à la hauteur du site et distingue une dizaine d'hommes et de femmes armés, assis pour certains sur un banc de pierre posé près du parvis de l'église.

Il stoppe son engin. Ils n'ont pas peur de l'étranger qu'il est. Un des plus âgés, grand, maigre, coiffé d'un béret et doté d'une énorme moustache noire lui barrant la bouche l'accoste. Louis se présente et explique sa venue. L'homme ne semble pas bien comprendre ce que lui veut le Français.

— Coneixes Pilar ? (Vous connaissez Pilar ?) demande Louis dans un catalan approximatif.

— Pilar ? i què vols d'ell ? (Et qu'est-ce que vous lui voulez ?)
— Vaig a recollir. (Je viens la chercher.)
L'autre l'examine des pieds à la tête. Il exsude la méfiance. Il se détourne pour regarder ses camarades restés sur le parvis.
— Elle n'est plus là ; elle est à Figueres, reprend-il en un français parfait, en se retournant vers Louis, désappointé par la réponse.
— Et vous savez pourquoi elle est retournée là-bas ?
— Elle m'a dit avoir des choses à mettre en ordre avant de rejoindre la France, et vouloir une dernière fois se recueillir sur la tombe de ses proches.
Louis est déçu. Il lui faut retourner sur ses pas... Alors qu'il s'apprête à redémarrer, le groupe s'est rapproché, formant un cercle autour de lui. Des regards hostiles le dévisagent.
Il met son moteur en route et demande qu'on le laisse passer. Quelques secondes, une minute peut-être, s'écoulent avant que son interlocuteur ne fasse signe à ses acolytes de s'écarter.
— És bo que està a l'espera Pilar Francès. (C'est bon, c'est le Français que Pilar attendait.)

Lundi 11 juillet 1938, une heure de l'après-midi

Il entre dans Figueres. Le quartier où est situé le café-restaurant de Pilar semble avoir été quelque peu épargné lors des bombardements de janvier. Il remonte la rue jusqu'à Las Casas Blancas, descend de sa machine puis accède à la porte située sur le côté de la taverne. Il frappe deux petits coups secs. Il lui semble entendre des pas à l'intérieur. Il frappe de nouveau en appelant doucement Pilar. Après quelques minutes, personne ne répond. Les pas qu'il a cru entendre étaient dus en vérité à son imagination.

Il retourne dans la rue et sonde l'endroit afin d'y trouver quelqu'un qui saurait peut-être où est son amie. Il marche jusqu'à la place située un peu plus loin et interroge une vieille femme qui balaie quelques feuilles tombées sur le trottoir devant chez elle.

Après un temps d'hésitation, elle déclare que Pilar a pris la route du Perthus pour suivre un groupe de Catalans se rendant en France. Pantois, il la remercie puis revient auprès de sa moto, qu'il enfourche, et prend la direction du Perthus. La conduite sur cette route plusieurs fois pilonnée est délicate, voire périlleuse. Des nids-de-poule se sont formés, imposant pour certains d'importants cratères. Louis fait des écarts et roule lentement pour ce faire. Il dépasse des troupes de migrants, ces ventres affamés, ces fantômes de l'histoire, ces prisonniers de la misère qui, sans le regarder, avancent d'un pas traînant. Louis inspecte ces groupes, espérant y apercevoir Pilar. C'est presque chercher une aiguille dans une botte de foin. De temps à autre, il demande en la décrivant si quelqu'un l'a croisée. La réponse est toujours la même, non. Soudain, des bruits de mitraille plus ou moins proches se font entendre. Les gens semblent s'affoler. Certains commencent à courir en criant, ce qui terrifie l'assemblée. Et encore une fois, comme Louis l'a déjà vécu, les uns tiraillant un enfant, les autres abandonnant un animal cherchent un endroit à couvert pour s'y abriter. Louis sent un frisson courir le long de sa colonne vertébrale, des sueurs froides lui collent à la peau. Enfin les échanges de balles s'éloignent peu à peu, et les groupes se reforment et reprennent leur transhumance.

Louis roule depuis une heure et toujours rien. Il a peur de ne plus revoir la jeune femme. En espérant qu'elle n'ait pas changé d'avis entre-temps et ne soit pas retournée à Figueres. À moins qu'elle ne soit déjà au Perthus ? C'est alors qu'il aperçoit une ombre sur la berne, assise sur ce qui ressemble à un sac. Elle lui fait signe… Elle l'a reconnu !

Il ressent un extraordinaire apaisement. Fini le tourment de la savoir seule au milieu de la guerre, fini la peur de la retrouver couchée à jamais dans un fossé.

Les retrouvailles sont poignantes. Il l'enlace et la serre comme pour l'empêcher de disparaître une seconde fois… Pendant ce temps, les autres les dépassent avec indifférence.

— Enfin on se retrouve… J'étais tellement inquiet que l'on se perde à jamais ! annonce Louis.

— Pardon, pardon… J'aurais dû t'attendre… Mais ne te voyant pas venir et la peur au ventre faisant le reste, j'avais besoin de bouger et j'ai préféré prendre la route.

— Je comprends… Mais en principe, tu devais être à Sant Marti.

— C'est vrai, reprend-elle, confuse. Mais j'avais besoin de dire au revoir à ma mère et mon mari et je ne pouvais pas te joindre… C'est pourquoi j'ai demandé à mes camarades de t'attendre.

— Ah oui, ainsi donc ils savaient qui j'étais…

Louis repense à l'accueil quelque peu glacial qu'il a reçu.

— As-tu mangé quelque chose en route ?

— Je n'ai pas pris le temps de m'arrêter et je n'ai rien à grignoter.

— Ça va s'arranger alors.

Pilar lui propose un œuf dur et un morceau de fromage avec un peu de pain rassis, restes de son modeste déjeuner. Louis se délecte de cet encas qui le revigore.

Été 2015, septième jour…

— Dis, mamie, c'est quand qu'il revient, mon papa ?
Mireille regarde avec tendresse sa petite-fille. Elle est si jolie
du haut de ses 6 ans, avec ses boucles brunes et ses grands
yeux de porcelaine. C'est un amour d'enfant.
Mireille pose un doigt sur sa bouche afin de faire comprendre
à Marianne qu'elle ne doit pas parler trop fort, son petit frère
s'étant endormi sur le canapé.
— Bientôt, ma puce… Il faut encore attendre un peu qu'il se
soit bien reposé et il reviendra à la maison.
Aujourd'hui dimanche, Mireille garde ses deux petits-enfants,
Marianne et Lucas. Ainsi Céline peut rester la journée auprès
d'Alexis. Elle, elle prendra le relais demain.
Marianne se dirige vers Lucas et l'embrasse doucement sur le
front.
— Lucas aussi s'ennuie de papa ! réplique la petite fille.
— Je sais bien, ma chérie…
Mireille réfléchit un moment à ce qu'elles pourraient faire
toutes les deux, afin de se distraire pendant que Lucas fait la
sieste.
— Veux-tu que l'on fasse de la pâte à sel, le temps que Lucas
se repose et ensuite je vous emmènerai au parc, d'accord ?
— Oui, oui, oui… Super bien !
— Chuuut.

Mireille entraîne Marianne dans la cuisine et les voilà parties pour un bon moment d'activité avec farine, eau et sel. La petite fille regarde sa mamie confectionner une pâte qu'elle pourra modeler comme elle le voudra. Après, mamie fera sécher au four et Marianne pourra peindre le sujet qu'elle aura fait. Elle a décidé de faire un clown, qu'elle donnera à son papa.

S'occuper de ses petits-enfants aide Mireille à surmonter sa détresse, cette anxiété qui l'étreint chaque jour, chaque heure, chaque minute depuis l'accident d'Alexis. Bien que le médecin les ait rassurées, il y a toujours cette petite voix qui lui dit : « Et s'il s'était trompé, si Alexis ne se réveillait pas, s'il n'avait plus la force de se battre pour revenir au pays des vivants ? »

Le téléphone sonne… Mireille se hâte de décrocher avant que la sonnerie fracassante ne dérange le sommeil son petit-fils.

— Allô, Mireille, tout se passe bien ?

— Oui, Céline, tout va bien… Et Alexis, comment est-il ?

— Je le trouve changé. Il a repris des couleurs, c'est curieux, on dirait presque qu'il somnole. Mais peut-être est-ce mon imagination… Je voudrais tellement qu'il ouvre les yeux !

— Ça va finir par arriver, il faut avoir confiance…

Quelle menteuse tu fais, ma pauvre Mireille ! se dit-elle.

— Nous sommes au septième jour ; dans deux jours, la limite sera franchie.

— Deux jours, c'est beaucoup, tu sais… Quarante-huit heures ! Il peut s'en passer des choses, en quarante-huit heures.

— Vous êtes formidable, Mireille, vous faites tout pour me remonter le moral alors que vous-même êtes si mal !

Les mots prennent une pause quelques secondes.

— Je vous laisse, je serai chez vous d'ici deux heures. À tout à l'heure.

— À tout à l'heure, Céline, et surtout embrasse bien fort mon garçon.

Bien que Céline travaille dans le milieu hospitalier, elle a beaucoup de mal à faire la part des choses dès qu'il s'agit de sa propre famille. Autant, pour les autres, elle va encourager, réconforter et rassurer, autant elle se montre facilement pessimiste quand il s'agit de ses proches. Mais c'est compter sans Mireille qui fera tout pour aider sa belle-fille à surmonter cette épreuve.

IX

Les deux amis continuent leur route. Au fur et à mesure qu'ils approchent de la Jonquéra, les groupes d'expatriés enflent. La circulation se ralentit. Louis est obligé de stopper sa machine. Il se décide à faire demi-tour et à se garer sur le bas-côté.

— Nous allons nous poser un moment ici, le temps de laisser s'écouler un peu le flux de réfugiés, dit-il à sa compagne.

Pilar ne contredit pas ce qu'elle vient d'entendre et descend de l'engin, puis s'assied sur son sac comme Louis l'a trouvée quelque temps auparavant. Il remarque combien elle a les traits tirés. Quelques fils blancs se détachent de sa chevelure, elle qui avait les cheveux si noirs. Ses jours de lutte auprès des maquisards l'ont profondément marquée. Et tout quitter, laisser derrière elle les siens, dans un coin de cimetière, avec ce sentiment d'abandon qui la culpabilise à chaque tour de roue, l'éloignant toujours plus de ce qu'a été sa vie, la désespère immanquablement. Malgré la promesse de Louis qu'un jour elle reviendra dans son pays, elle sait que rien ne sera plus comme avant.

Rien ne sera plus comme avant pour personne d'ailleurs. Il en est terriblement conscient. La France risque de connaître les affres d'une seconde guerre mondiale, il va devoir encore lutter, pour sa propre survie cette fois et celle de sa famille.

Il décide de s'asseoir à son tour sur la berne. L'un et l'autre observent ces malheureux bougres avancer vers ce qu'ils pensent être une issue pour un monde meilleur.

— Mon Dieu, pourquoi en est-on arrivé là ? questionne Pilar, explorant l'horizon de zombies qui défilent devant eux.

Louis ne sait pas s'il peut répondre à une telle question, d'ailleurs peut-être la pose-t-elle comme ça, sans vraiment attendre de réponse ? Mais la chose dont il est sûr est que l'homme est un prédateur pour l'homme. Il éprouve le besoin de dominer, et la barbarie fait partie de son instinct primaire. Seule la conscience le différencie de l'animal. Il est donc pire que lui, car lui sait faire souffrir, sait infliger la torture morale ou physique pour anéantir son ennemi, alors que la bête ne le sait pas. Tous ces êtres ici, maintenant, en sont la preuve vivante.

— Nous n'allons pas tarder à repartir et nous allons passer par le Coll dels Horts… pour rejoindre Coustouges. J'ai déjà eu l'occasion de passer par là. Ce sera seulement un peu moins rapide.

Il se campe sur ses pieds puis tire sa camarade par le bras pour l'aider à se lever. Pilar attrape son sac, rejoint Louis sur la moto, installe son bagage entre eux deux, ce qui lui permet de s'appuyer dessus et ainsi rendre un peu plus confortable le trajet.

Il contourne la masse de gens groupés au poste-frontière, pour rattraper une petite voie de montagne moins fréquentée. De là, il remontera vers son village natal en empruntant les routes départementales. Certes le trajet sera plus long et certainement plus escarpé par endroits mais ils ne seront pas ralentis par les émigrés agglutinés au Perthus ou encore au col de Panissars.

Ils abordent alors un chemin de terre et entament leur montée vers le Coll dels Horts. Ils sont secoués de part et d'autre et, parfois, Louis est obligé de mettre pied à terre pour affronter un virage ou un raidillon. L'ascension se fait lentement. Heureusement, on est en été et, au moins, ils n'ont pas à craindre le froid ou la pluie. Mais la fatigue se fait sentir.

Ils progressent ainsi tant bien que mal, doublant de temps à autre quelques noyaux de réfugiés, ou de maquisards, fusil sur l'épaule, désabusés devant leur incapacité à retenir l'ennemi qui vient décimer les « Rojos » jusqu'à la frontière.

Arrivé au sommet du col, Louis fait une halte. Il se tourne vers sa passagère pour l'informer que d'ici peu ils seront en France. Un sourire triste se dessine sur la bouche de son amie. Il suppose que l'appréhension doit l'habiter. Comment sera-t-elle reçue dans cette famille dont elle ne sait rien ? Louis la rassure, il la connaît, elle ne sera pas déçue, c'est une famille bien. Malgré tout, ce n'est pas rien de tout abandonner pour aller vers l'inconnu.

Louis jette un regard en direction de l'Est, d'où se devine derrière le massif des Albères le bleu cobalt de la mer Méditerranée, puis détourne les yeux pour admirer devant lui le pic du Canigou et ses neiges éternelles qui se fondent dans l'azur telle la voilure d'un navire se découpant sur l'Océan. C'est un paysage dont il ne se lasse pas. Son pays est beau, sa région superbe. Ils restent là un moment à se laisser cajoler par le soleil de cette fin d'après-midi.

Leur voyage va prendre fin d'ici une bonne heure. Louis est harassé. Ses paupières sont lourdes. Il a l'impression d'avoir les pieds lestés de plomb, et ressent une douleur cuisante à sa jambe accidentée. Ils viennent de passer la commune de Tautavel. La route est tortueuse, pourtant Louis accélère. Il connaît par cœur chaque virage, chaque carrefour, chaque pont.

Pilar est appuyée de tout son poids sur son dos. Louis se dit qu'elle somnole peut-être, bien qu'à chaque virage, il sente ses bras enserrer plus fortement sa taille. L'épuisement doit l'anéantir. Elle a vécu des moments si chargés d'émotions ! Il va sans doute lui falloir du temps pour réapprendre à vivre tout simplement.

Quant à lui, il est si heureux d'être de retour dans son fief, de revoir son père et enfin, demain, serrer sa femme dans ses bras et embrasser ses petits qui lui manquent tant... Puis la surprise d'Emma quand elle va savoir...

Mais il n'a pas le temps de comprendre ce qu'il leur arrive. Il se sent violemment éjecter de son engin. Pendant quelques courtes secondes, il a l'impression de planer puis c'est le choc et le trou noir.

11 juillet 2015, soir du septième jour

Mireille a invité Céline et les enfants à dîner et à rester coucher. Demain matin, alors que sa belle-fille est en repos, elle pourra tranquillement retourner chez elle avec ses enfants.

Le repas touche à sa fin. Céline reçoit un appel téléphonique sur son portable.

— C'est l'hôpital, dit-elle, médusée.

Fébrile, elle finit par décrocher. Mireille, tout aussi inquiète, inspecte attentivement chaque mimique du visage de Céline.

— Comment ? demande sa bru... Ce n'est pas possible ?

Mireille sent son sang se glacer dans ses veines. Qu'est-ce qui n'est pas possible ? Alexis les a-t-il quittées ? Mireille regarde tour à tour ses petits-enfants et leur maman. Celle-ci a les larmes qui descendent le long de ses pommettes saillantes et pâles, mais ne semble pas s'en apercevoir.

— Bien, je vous remercie, finit-elle par conclure. Pourra-t-on venir dès demain matin ?... Je vous remercie, docteur. À demain.

— Qu'est-ce qu'il se passe ? Je t'en supplie, réponds-moi.

Les enfants ne disent mot mais comprennent que quelque chose d'important est en train de se dérouler. Ils voient leur maman se sécher les yeux.

— Alexis… (Céline semble chercher ses mots.) Mireille, reprend-elle, Alexis peut respirer seul.

Mireille est plantée là sans réagir. Elle dévisage intensément sa belle-fille et n'ose interpréter ce qu'elle vient d'entendre.

— Tu veux dire qu'il est en vie et qu'il respire sans machine ?

Un délicieux sourire se dessine sur le visage de sa bru…

— Alexis est en train de se réveiller, Mireille.

— Mon Dieu… C'est un vrai miracle, dit-elle alors en se posan les mains sur les lèvres, comme pour retenir ces mots qu'elle a tant de fois rêvé de dire.

— Les enfants, votre papa va bientôt rentrer à la maison.

Céline s'approche de ses enfants, leur prend la menotte et se met à danser la Capucine. Mireille finit par se joindre à eux. E les voici tous quatre, faisant la ronde en chantant à tue-tête.

12 juillet 2015, huitième jour, 10 h 30

Mireille se rend au chevet d'Alexis en compagnie de Céline. Au passage, elles ont déposé Marianne et Lucas au centre de loisirs.

Malgré la bonne nouvelle d'hier soir, elle est anxieuse. La crainte de perdre Alexis l'anime toujours. Sa vie est si fragile. Il suffirait d'un petit incident pour que tout bascule de nouveau.

Ôte-toi ces idées de la tête, se dit-elle, le médecin sait ce qu'il dit et ce qu'il fait. Il faut y croire… Alexis se réveille !

Enfin, elles parcourent les couloirs du service de soins intensifs afin de rejoindre la chambre d'Alexis. La petite lumière rouge au-dessus de la porte signifie que des soins sont en train d'être réalisés et qu'il est interdit d'entrer. Mireille et Céline doivent attendre encore un peu avant de pouvoir enlacer Alexis. Alors que sa belle-fille se languit, appuyée contre un mur, Mireille entreprend de faire les cent pas. Elle se souvient qu'il en était de même lorsqu'elle patientait en attendant la naissance des petits loups. Son ex-mari ne voulait pas l'accompagner, trouvant que ce n'était pas leur place. D'ailleurs, il n'était jamais d'accord avec elle. Elle se demande encore comment elle a pu rester près de trente ans avec lui. Lorsqu'il a appris l'accident de leur fils, il était en déplacement à l'étranger. Chaque jour, il lui téléphonait pour prendre des nouvelles. Il est rentré hier soir et va sans doute venir à l'hôpital aujourd'hui.

La porte de la chambre s'ouvre enfin. Le professeur Martin, praticienne en chef du service de soins intensifs, est là en personne. C'est un petit bout de bonne femme, d'une quarantaine d'années à peine, à l'allure simple et douce. Elle fait entrer les visiteuses. L'une comme l'autre n'ose approcher du lit.

— Vous pouvez avancer, mesdames, Alexis a fini de se réveiller il y a maintenant un peu plus d'une heure.

En effet, Alexis, qui jusqu'à maintenant avait les paupières closes, ouvre les yeux et regarde tour à tour sa femme et sa mère, un peu hébété. Alors, les deux femmes, n'y tenant plus, accourent auprès de lui et c'est à qui l'étreindra la première. Mireille laisse Céline, en premier lieu, enserrer son mari. Elle aussi a eu si peur... C'est à n'en pas douter l'un des plus beaux jours de sa vie. Céline n'en finit plus de l'embrasser, les joues, la bouche, le front, la bouche, les yeux, la bouche... Puis elle pose sa tête sur la poitrine d'Alexis et pleure, pleure, pleure... Mireille contourne alors le lit de façon à être à l'opposé de Céline pour ne pas la déranger. Alexis la suit des yeux. Une fois auprès de lui, Mireille plonge son regard dans celui de son fils, puis se penche, lui prend le visage entre ses mains, l'embrasse et le presse contre elle. À son tour, en silence, les larmes courent sur ses joues et viennent s'écraser sur l'oreiller d'Alexis.

Quelques minutes solennelles s'écoulent ainsi, puis enfin le professeur Martin prend la parole.

— Comme je vous le disais, Alexis est enfin parmi nous. Maintenant il va falloir laisser le temps à son corps et à son esprit de cicatriser. Sortir d'un coma aussi profond que celui d'Alexis n'est pas chose aisée. Il risque d'y avoir pendant un certain temps des trous de mémoire, mais nullement irréversibles, je vous rassure. Je pense que d'ici une quinzaine de jours, tout sera rentré dans l'ordre, mais bien sûr nous allons procéder à des examens pour confirmer cela. Ensuite, nous le transférerons dans une unité de soins de suite et de rééducation. Maintenant, je vais vous laisser afin que vous profitiez bien les uns des autres, mais pas trop longtemps pour ne pas le fatiguer. Au revoir, mesdames, et à bientôt, jeune homme.

Tranquillement, le professeur disparaît derrière la porte de la chambre.

— Les enfants vont être tellement heureux quand je vais leur apprendre la nouvelle, annonce Céline.

— Comment te sens-tu, mon fils ?

— J'ai beaucoup de mal à parler. J'ai une douleur dans la gorge due à l'intubation.

— Mais bien sûr, mon chéri, c'est forcé que tu aies mal… Ne parle pas pour le moment, nous allons attendre que tu ailles mieux… N'est-ce pas, Mireille ?

Celle-ci acquiesce, ils ont maintenant tout leur temps. L'essentiel aujourd'hui et maintenant, c'est de savoir Alexis sauvé.

La route du retour se fait dans un silence magistral, chacune des deux gardant pour elle les instants magiques de la renaissance d'Alexis. En tant que maman, Mireille a vécu plus que l'enfer. Elle ne souhaite même pas à son pire ennemi de vivre de tels moments. Céline, elle, ne vivait plus, ne faisait plus de projet et, l'imagination faisant le reste, elle se demandait régulièrement comment elle vivrait après Alexis, ce qui la plongeait dans un profond marasme. Elle voulait se refuser d'avoir de telles idées mais, en tant qu'infirmière, elle avait beaucoup de mal à positiver.

13 juillet 2015

Mireille se décide à rendre visite à Mamadie, non sans être passée embrasser son fils auparavant. Aujourd'hui, elle l'a trouvé détendu, mais légèrement taciturne. Il a compris qu'il revenait de loin. Ne pouvant encore guère parler, il s'est contenté d'écouter sa mère et de répondre par des signes de tête. Il a réussi tout de même à lui glisser qu'il a vécu quelque chose de beau et d'effrayant à la fois dans son coma, mais que tout ne semblait pas en ordre dans son crâne. Son fils semblait très loin à ce moment-là. Peut-être fouillait-il les coins secrets de sa mémoire ?

Dans le hall d'entrée du service de rééducation fonctionnelle, un petit salon permet aux familles de rencontrer leur parent autour d'une table avec à disposition un distributeur de boissons, chaudes ou froides, de gâteaux et autres friandises. Mireille et Mamadie dégustent un café noir pour l'une, un thé au lait pour l'autre.

Elle a apporté quelques abricots, fruit préféré de Mamadie, qui va bientôt retourner dans son foyer logement.

Mireille la sent impatiente aujourd'hui.

— Peux-tu me dire enfin pourquoi je n'ai plus de nouvelles d'Alexis ? La dernière fois que je l'ai vu, il devait partir le lendemain pour l'Angleterre… Ça fait plus de dix jours ! Il ne m'a jamais laissée aussi longtemps sans nouvelles !

Mireille pose délicatement sa tasse, puis va enserrer les mains de sa mère et se lance dans la délicate explication de l'accident d'Alexis.

Mamadie écoute, attentive. Elle fronce les sourcils et serre les lèvres. Mireille sent les mains de sa mère trembler dans les siennes.

— Pourquoi ne m'avoir rien dit ? réplique-t-elle, manifestement en colère.

— Je ne voulais pas que tu aies d'autres préoccupations dans la tête que ta guérison.

Mamadie ouvre la bouche pour protester, mais sa fille est plus rapide et lui demande de ne pas s'offusquer de la sorte car tout est bien qui finit bien et c'est le plus important.

— Tu as raison, ma chérie, excuse-moi, reprend Mamadie. Tu as dû subir les mille tourments de la peur de voir mourir ton enfant. Il n'y a rien de plus terrible. Viens là que je t'embrasse.

Mireille s'exécute avec bonheur. Sa mère aussi a connu le malheur en son temps, elle ne peut que comprendre.

Combien de fois, lorsqu'elle était enfant, Mireille l'a vue pleurer discrètement. Parfois même, elle restait couchée tout un week-end, avec des maux de tête qui la poussaient à demeurer dans le noir pendant ces deux jours. Quand enfin elle se levait, elle avait une mine de papier mâché, et se forçait à faire le quotidien. Cet état pouvait se prolonger trois semaines durant… Puis, un beau matin, au saut du lit, Mireille la retrouvait toute gaie et pleine d'entrain. Dans une même journée, Mamadie pouvait avoir d'importantes sautes d'humeur. Ce n'était pas toujours facile à gérer pour la petite fille qu'elle était. Puis, le temps faisant, Mireille en grandissant se rendit compte que sa mère n'avait pas fait le deuil de ses parents et, surtout, qu'elle n'avait pas pardonné à son père d'avoir fait souffrir sa mère en les abandonnant, après s'être tué dans un accident en compagnie d'une autre femme.

Sa sœur quitta l'école pour compléter le maigre salaire de leur mère en travaillant en usine. Le chagrin rongea la mère de Mamadie, tant et si bien que, après quelques années, elle mourut à son tour d'une hémorragie cérébrale.

Mamadie dut grandir vite afin de ne pas être une trop grande charge pour sa sœur, qui les avait pris sous son aile, elle et son frère jusqu'à leur majorité. Enfin, elle finit par trouver le bonheur en épousant un employé de bureau et surtout en donnant naissance successivement à Mireille et ses trois sœurs. Malgré tout, des moments dépressifs fragiliseront cet équilibre.

20 juillet 2015

Mireille n'est pas allée rendre visite à Alexis hier. Elle est restée avec ses petits-enfants pendant que leur maman passait l'après-midi avec leur papa.
Ce 20 juillet, elle se dirige vers le nouveau service où a été transféré son fils dans la matinée.

Lorsqu'elle ouvre la porte de la chambre, Alexis est en train de finir de se raser. Mireille s'empresse auprès de lui afin de l'aider.
— Laisse, maman, c'est bon, je reprends des forces.
Mireille s'arrête dans son élan. Il a raison, il doit récupérer son autonomie. Ses mains ont perdu de la dextérité et il n'y a pas meilleure rééducation que de faire, ou du moins essayer de faire, les choses par soi-même. Une fois son rasage fini, il demande cette fois à sa mère de nettoyer et ranger son rasoir et son miroir dans la salle d'eau.
— Alors, dis-moi, comment te sens-tu ? demande Mireille une fois de retour auprès de lui.
— Ça va, maman, ça va même très bien. Maintenant j'ai hâte de rentrer et de retrouver mes habitudes.
— Il va falloir que tu patientes encore un peu… Mais ce n'est pas bien grave après tout ce que tu as traversé.

— Oui, c'est certain et vous aussi… Comment va Mamadie ? Elle a dû s'inquiéter.

Mireille soulève les épaules en signe de fatalité.

— Oui, d'autant plus que je ne lui ai pas dit tout de suite ce qu'il t'était arrivé.

Alexis, assis dans son lit, se remonte pour une position plus confortable. Un rictus grimaçant se dessine sur ses lèvres.

— Doucement, mon fils, veux-tu que j'appelle quelqu'un pour t'aider ?

Il ne répond pas mais enchaîne :

— Tu sais, maman, j'ai rêvé pendant mon coma… C'était même très curieux, car j'avais l'impression de vivre ce rêve. Et, quand j'y songe aujourd'hui, je ressens comme un malaise.

— C'est-à-dire ?

— Difficile à expliquer… J'ai rêvé de mon arrière-grand-père Louis… Plutôt, j'étais Louis.

Mireille fronce les sourcils, le regarde perplexe, piquée de curiosité. Ses grands-parents sont morts jeunes, elle ne les a pas connus et sa mère en parlait peu, mais des photos de famille trônaient dans le salon chez Mamadie. Alexis a peut-être inconsciemment recherché ses racines, s'est raconté des histoires sur la vie de ses aïeux, tant et si bien qu'il a imaginé les vivre pendant son coma.

— Mamadie t'a peut-être raconté ses souvenirs d'enfance.

Alexis sent un léger agacement dans le ton de sa mère.

— Pratiquement pas. Si ce n'est qu'elle en voulait beaucoup à son père. En tout cas, c'est une longue aventure que j'ai vécue pendant ces quelques jours d'inconscience.

Mireille a le sentiment que son fils est quelque peu désarçonné par ce voyage temporel.

Elle sait, pour s'être documentée, que certaines personnes revenues d'un long coma avaient perçu la vie qui se déroulait autour d'eux, entendu la voix de leur famille, des soignants ou encore subi la décorporation. Alexis aurait-il vécu ce genre d'expérience ?

Les jours passent ; Alexis recouvre totalement la mémoire et se sent de moins en moins faible. Quand Céline vient le voir, il est très difficile pour eux de se séparer le soir. Hier, 26 juillet, il a eu le plaisir et la surprise de voir ses enfants. Marianne lui a offert le joli clown qu'elle avait confectionné avec mamie Mireille. Lucas lui, lui a donné un dessin. Le bonheur est enfin revenu, s'est dit Alexis. Malgré tout, il ne se sent plus aussi désinvolte qu'auparavant. Il sait que la vie ne tient qu'à un fil. Il a eu beaucoup de chance. Il a eu accès au rapport d'expertise des assurances et, vu l'état du camion, il aurait dû ne pas en réchapper. Pourquoi certains vont y laisser leur peau et d'autres vont vivre ? Oui, pourquoi ? C'est ce pourquoi qui le tenaille depuis qu'il est réveillé.

Deux coups frappés à la porte suscitent son attention. Sans attendre le mot « Entrez », Mireille apparaît, accompagnée de Mamadie installée dans un fauteuil roulant.

— Mon petit Alexis !

Mamadie n'attend pas que Mireille la pousse et se précipite auprès de son petit-fils, installé lui aussi dans un fauteuil roulant, la jambe opérée, surélevée. On peut apercevoir des broches sortant de toutes parts de sa jambe.

— Mon Dieu, s'exprime-t-elle, tu n'as pas mal, mon petit ?

— Non, Mamadie... Je suis si heureux de te voir... Tu ne peux pas savoir !

— Ben et moi ? réplique Mireille qui se sent exclue de leurs effusions.

— Viens là, maman, que je te poutounèje !

Mireille s'arrête net... Mamadie le regarde, stupéfaite.

— Où as-tu appris ce mot ? Il y a bien longtemps qu'on n'utilise plus l'occitan... Même Mamadie ne l'utilisait presque pas quand j'étais petite.

— C'est vrai, répond Mamadie... depuis la mort de mon père, je n'ai pratiquement jamais plus parlé l'occitan.

Alexis jauge les deux femmes puis demande à sa mère de prendre une chaise et de s'installer près d'eux. Il prend une profonde inspiration et se met à raconter une histoire.

— Une dernière chose avant que je ne continue, dit-il, je ne veux pas être interrompu. Il faut m'écouter jusqu'au bout... on discutera après.

Alors Alexis commence son récit. Il narre comment, à la suite de son accident, il s'est retrouvé hors de son corps, semblant flotter en voyant l'équipe médicale s'affairer auprès de lui. Enfin, quelques minutes après, il arrivait dans la cour d'un mas, à bord d'une moto. Là, une femme, au doux prénom d'Emma, qui retirait son linge étendu, accourut vers lui et l'appela Louis. C'était le vendredi 18 juin 1937.

Alexis continue son histoire. Les deux femmes apprennent alors qu'il est devenu partisan d'un réseau, qu'il était passeur, aidant ainsi la république espagnole.

Tout en narrant, il voit le visage de Mamadie se décomposer au fur et à mesure du récit. Mireille, elle, reste impassible.

— Tu veux que je m'arrête, Mamadie ?

Sa grand-mère, les yeux embués, lui fait signe que non. Mamadie découvre l'existence de Pilar, celle par qui le malheur est arrivé... Du moins, c'est ce qu'elle a toujours cru jusqu'à aujourd'hui. Avec les années, elle a su que son père n'était pas seul lors de son accident. Alexis retrace chaque évènement avec une précision d'horloger. Il relate la guerre d'Espagne, décrit des paysages, brosse les portraits de la famille ou d'inconnus croisés sur sa route, vraiment comme s'il avait vécu cette époque. C'est franchement extraordinaire

Puis il lui rappelle l'agression d'Emma, sa mère, et tout ce qui allait en découler jusqu'à la fin tragique de Louis et de Pilar. Alexis se tait. Il est pâle et épuisé. Il ferme les yeux puis demande à sa mère un verre d'eau. Personne n'ose rompre cette fausse quiétude.

Chacune des deux femmes se retient de ne pas assommer Alexis de questions qui brûlent ses lèvres. Enfin, le jeune homme ouvre les yeux, puis s'adresse à sa grand-mère :

— J'espère ne pas t'avoir trop perturbée avec mon histoire.

Mamadie reste là, silencieuse et pâle. Un sanglot vient briser sa respiration lorsqu'elle dit :

— Non, mon chéri. Je suis seulement un peu abasourdie par tout ce que tu viens de raconter. J'avais l'impression d'être avec mon père tant tu étais explicite.

— J'avais… Enfin, je veux dire, Louis avait tout expliqué à son père Augustin… Lui savait que Pilar faisait partie de votre famille.

Mireille remarque combien sa mère est émue. Elle lui passe son bras autour des épaules et la cajole. Mamadie respire fort, les paupières closes. Des larmes inondent ses joues.

— Je comprends tout maintenant, dit-elle.

Et d'une voix chevrotante, la voilà à son tour qui raconte : Mamadie, Madeleine, se souvient du soir du 13 juillet 1938. Elle revoit son grand-père Augustin, debout dans l'entrée de la maison, le visage défait, la casquette à la main. M. Émile l'avait amené. Avec son frère Jean, ils rentraient tout juste de l'école et étaient installés comme d'habitude à la table de la cuisine, où leur maman leur avait préparé une exquise collation. Eugénie, elle, était en train de nettoyer des légumes pour faire des conserves et n'était donc pas allée à l'école. Leur grand-père et Émile pénétrèrent dans la maison. Augustin annonça à leur mère que son fils, Louis, s'était tué sur la route de Talairan. Emma s'effondra en larmes, poussant un cri de bête blessée... Augustin et M. Émile restèrent un moment avec Emma à discuter, pendant qu'Eugénie, à la demande de leur mère, entraînait les petits dans leur chambre. Mamadie revoit sa sœur, consternée, les joues décolorées et ruisselantes. Elle reniflait et hoquetait. Jean, couché sur le ventre, était lui aussi secoué de sanglots. Mamadie se mit alors à pleurer, ne saisissant pas complètement la tragédie qu'ils vivaient.

Quelques jours après l'enterrement, elle retrouva sa mère qui se lamentait dans la cuisine, une main crispée sur un morceau de papier, chiffonné. Devant elle, ouvert sur la table, un cahier sur lequel Emma notait ses occupations de la journée, avait-elle répondu à Madeleine, qui l'avait questionnée sur le sujet quelques mois auparavant. Elle lui avait dit que c'était son jardin secret. Pour Madeleine, un jardin secret était une sorte de livre dans lequel Emma écrivait des recettes faites avec des plantes secrètes. Sa maman était pour elle une bonne fée et, en tant que telle, avait un certain pouvoir.

Quand on a 6 ans, ne croit-on pas au père Noël ?

Lorsque sa mère leva les yeux et l'aperçut, elle rangea dans la poche de son sarrau ce qui ressemblait à une enveloppe bleue, puis se leva et courut s'isoler dans sa chambre en emportant son cahier. Quelques minutes plus tard, elle en ressortait, le visage essuyé, et un sourire doux éclairait ses lèvres. Elle s'approcha de Madeleine, la prit dans ses bras et la câlina à la manière de Louis.

Mamadie se tait. Elle contemple son petit-fils… C'est vrai qu'il ressemble à son arrière-grand-père, les mêmes yeux, ce même regard et surtout sa façon tendre d'entourer les siens. Peut-être est-ce pour cela qu'elle a tant d'affinités avec lui.

Mireille est abasourdie par ce qu'elle vient d'entendre. Comment est-ce possible ? Comment a-t-il connaissance de tant de détails de la jeunesse de sa grand-mère ? Elle lui a forcément relaté certains épisodes de son existence. Alexis les a enregistrés et son coma a fait le reste, il ne peut en être autrement.

— Maman, reprend Mireille, te souviens-tu du petit coffre que j'ai rapporté de ta maison lorsque tu l'as vendue ? Il contenait de vieilles lettres de tes parents, je crois ? Je n'ai jamais eu la curiosité de les regarder.

— Effectivement, ma chérie, ce serait bien qu'on y jette un œil… Moi-même n'ai jamais voulu connaître les secrets de cette boîte. Il est grand temps d'y remédier.

Madeleine a récupéré cette cassette peu après le suicide d'Eugénie. Celle-ci a mis fin à ses jours après une lente descente aux enfers que l'on appelle la dépression. Elle en voulait tellement à leur père et, quelque part, lui imputait la mort de leur mère. Cette rancœur a fini par empoisonner sa vie. Elle n'avait pas 30 ans. Jean, que la colère ne quittait pas depuis le jour où il avait appris la disparition de leur père, ne se remit pas de ce nouveau drame. Alors qu'il fréquentait une jeune fille, il la quitta, démissionna de son travail et se mit à boire. Il mourut une dizaine d'années plus tard d'un cancer du foie.

Madeleine n'a jamais vraiment su ce qu'il s'était passé. Ni par sa mère, ne voulant sans doute pas la perturber davantage, ni par sa sœur, qui lui avait simplement laissé entendre que leur père était fourbe et hypocrite. Un traître de première, comme elle disait.

Pour Madeleine, il était évident que leur père avait participé à l'infortune de leur mère et à la déchéance morale de ses enfants. À son tour, quelques années et tragédies plus tard, elle se mit à exécrer ce père qui les avait privés de sa bienveillance et de son affection, la laissant sans famille.

Quant à ce coffret, elle le rangea dans une malle du grenier de son habitation et choisi de l'oublier pour essayer de gommer en partie ses souvenirs.

X

Mireille et Mamadie sont installées dans la chambre de celle-ci. Elle est revenue au foyer logement qu'elle occupe depuis maintenant deux ans. Après ses quatre mois d'absence, elle est heureuse de retrouver ses habitudes et surtout son indépendance.

Sa fille vient de servir deux tasses d'eau chaude pour un thé. Elle a apporté le fameux petit coffre de bois, mangé par des vers dans différents coins. Tel un écrin qui renfermerait un trésor, elle l'ouvre délicatement. À l'intérieur, il est tapissé d'un tissu rouge délavé et effiloché. Un monticule de lettres et de cartes postales s'y entasse.

Sur le haut du paquet, Mireille prend une première lettre au papier jauni. Elle la déplie et lit à haute voix la missive aux caractères déliés écrits à l'encre bleue. Elle remarque combien l'écriture est fine et rectiligne. Il s'agit des nouvelles de Victor et Marie, les grands-parents maternels de Mamadie

Elle continue son exploration. Cartes postales du Nouvel An, pour la Saint-Valentin, pour Pâques ou encore Noël.

Également des lettres d'amis de la famille. Une photo d'un bébé, annonçant la naissance d'un petit garçon, signé de la main de Lucien, le frère d'Emma, ou encore des cartes d'amour échangées pendant les fiançailles de ses grands-parents.

Au fur et à mesure de son incursion dans le passé, Mireille apprend à connaître cette famille dont elle n'a jamais entendu parler, ou si peu. Madeleine est bouleversée. Elle revit l'histoire de beaucoup de ces correspondances.

Mireille suspend son geste brusquement.

— Maman, il y a un cahier au fond de la boîte.

— Qu'attends-tu pour le sortir ?

Mireille plonge la main dans le coffre et en ressort un cahier d'un vert passé. Sous ce cahier, un portefeuille de cuir noir. Elle étale le tout sur la table. Elle sent Mamadie, nerveuse. Après quelques secondes, Mireille se décide à ouvrir le portefeuille. À l'intérieur se trouvent une pièce d'identité au nom de son grand-père et son permis de conduire, puis une épaisse enveloppe bleu délavé, pliée en deux.

Mireille ouvre l'enveloppe et en extirpe deux feuillets. Il s'agit d'une lettre des Chemins de fer de Montpellier, qui explique que les informations sollicitées au sujet d'un certain Vittorio n'ayant rien donné et, après plusieurs jours de recherche, il s'est avéré que ledit Vittorio, ainsi dénommé, était le surnom de l'employé Victor Escourrou, né le 22 décembre 1872 à Nîmes.

Mamadie a un gémissement qui attire l'attention de sa fille.

— Ce sont les nom et prénom de mon grand-père maternel… Maman était une Escourrou… C'est sans doute le Vittorio dont a parlé Alexis !

Mamadie, éprouvée par tant d'émotion, demande à Mireille d'accélérer le mouvement et de lire le cahier, le jardin secret de sa mère.

Celle-ci le feuillette, prenant le temps de décrypter les phrases rédigées au crayon de papier. Pas toujours faciles à déchiffrer, par endroits, les caractères se sont légèrement effacés au fil des années. Tel un journal de bord, chaque journée y est décrite presque heure par heure avec, en option, le temps qu'il faisait. Mireille est ravie de tenir entre ses mains les preuves d'une vie passée. Elle y découvre les joies et les peines de son aïeule… Une vive émotion l'envahit. Après avoir parcouru quelque trente pages, une date retient son attention.

20 juillet 1938. L'encre a pris le relais du crayon de papier. Sans doute Emma voulait-elle que ses mots s'impriment à jamais. Des taches d'encre diluée imprègnent certaines pages comme si Emma avait pleuré en écrivant. Elle détaille son

chagrin d'avoir perdu l'homme qu'elle aimait, et la culpabilité qui l'habite de ne pas lui avoir fait confiance. Alors qu'il se conduisait en héros, elle se persuadait qu'il la trompait...
Lorsque Augustin est venu lui raconter le destin tragique de son fils, il lui notifia qu'il avait appris l'accident dans le journal le lendemain et que la victime du nom de Martin Juve n'avait pas encore été identifiée par un proche. Ainsi alerté, il a pris le train pour Narbonne, s'est rendu chez M. Émile, qui venait également d'apprendre la mort de Louis. Ils sont allés ensemble reconnaître le corps à l'hôpital de Narbonne. C'est ensuite qu'ils se sont rendus auprès d'Emma qui s'inquiétait de ne pas avoir de nouvelles depuis deux jours... Augustin lui apprit alors l'existence de Pilar.
— Ta mère ne t'en a jamais parlé ? demande Mireille, étonnée.
— Non, je suppose qu'elle a voulu épargner mon jeune âge. Eugénie et Jean n'ont pas su non plus le fin mot de cette histoire. Je pense que notre mère était atterrée et se sentait honteuse d'avoir douté de notre père. Elle n'a pas su trouver les bons mots pour nous présenter les faits... Mais continue.
Mireille reprend sa lecture.
Emma souligne également son indignation d'avoir découvert que son père, Victor, avait eu une liaison avec une autre femme, à qui il avait fait un enfant alors qu'il s'apprêtait à épouser sa mère, Marie. Enfin, elle précise sa frustration de

ne pas avoir eu la chance ni le temps de connaître sa sœur, Pilar, elle aussi décédée dans l'accident.

À la fin de ce message, « Pilar » est écrit plusieurs fois à la suite.

Ce sera le dernier texte du cahier, car Emma n'aura pas poursuivi son journal.

Mamadie a écouté religieusement le récit de sa fille.

— Tout cela est bien triste, dit Mireille. C'est un bien malheureux concours de circonstances… une ironie du sort.

Mamadie n'a pas de mots devant ce destin injuste. Elle est peinée pour ses parents qui s'aimaient d'un amour inconditionnel, pour sa mère qui en a payé le prix fort. Elle a mal pour sa sœur et son frère, qu'un tel secret a détruits.

Cependant, ce qu'elle vient d'apprendre au sujet de son père la réconcilie avec lui. Elle est soulagée de savoir que ce père était quelqu'un de bien, qu'il ne les a jamais sacrifiés à son bon vouloir. L'accident d'Alexis aura eu le pouvoir de remettre en place les morceaux de puzzle manquants de son existence. Elle va pouvoir finir sa vie en paix.

Mireille se lève et va se laver les mains salies par le papier et l'encre. Puis se réinstalle à table et boit une gorgée de thé qui a refroidi. Sa mère a le regard lointain, sans doute est-elle retournée à Narbonne.

— Dis-moi, maman, je ne savais pas que tu avais parlé de ton enfance avec Alexis… Je sais que tu as toujours entretenu avec lui un lien particulier mais, tout de même, je suis ta fille… J'aurais bien aimé que tu me parles.

Mamadie sourit. Sa fille a le sentiment d'avoir été tenue à l'écart des petits secrets de sa mère. Elle semble triste. Madeleine ne veut pas entretenir le suspense plus longtemps.

— Ma grande, j'ai très peu parlé de mon enfance avec ton fils ! Si ce n'est que mon père était un motard inconditionnel… Cette enfance, j'ai tant souhaité l'oublier !

Mireille reste interdite. Elle ne sait comment comprendre ce que vient de lui dire sa mère, et la regarde, éberluée.

— Serait-il possible qu'il ait fait un voyage dans le temps pendant son coma ?

Madeleine prend une profonde inspiration.

— Je crois que c'est encore plus complexe que ça.

Comment exposer à sa fille ce que Madeleine ressent, ce qu'elle croit, sans que Mireille ne la prenne pour une folle ? Comment lui dire qu'elle a vécu des moments extraordinaires avec elle puis avec Alexis ? Comment lui raconter ce dimanche après-midi où, alors qu'ils étaient tous partis visiter un château, Mireille, âgée de 4 ans, qui depuis plusieurs mois se tourmentait de savoir d'où elle venait, a réagi devant une armure exposée dans le hall d'accueil du château et, tapant de sa main dessus envoya à sa mère un « tu vois, maman, j'étais ça avant ! » C'était une affirmation et non une question. Puis, comme par enchantement, ne s'interrogea plus au sujet de son existence.

Comment lui relater ce matin de juillet où Alexis, alors âgé d'à peine 3 ans, devant la photo de son arrière-grand-père, a indiqué à sa grand-mère par deux fois, en posant son petit doigt potelé sur le cadre de Louis « c'est moi, ça » ? Son petit-fils observait les photos du salon dès qu'il entrait dans la pièce jusqu'à ce fameux jour à partir duquel il ne porta plus attention à celles-ci.

Oui, comment expliquer ces phénomènes ? Si ce n'est que, pour Madeleine, lorsque nous sommes petits, notre mémoire garde en elle les traces d'une autre vie, qui s'effacent peu à peu en grandissant.

Tout le monde n'y a pas accès parce qu'il faut être à l'écoute de ce que l'on ressent et de ce qui nous entoure. Et Madeleine est ainsi. Elle a toujours pensé qu'il y avait quelque chose après la mort, comme une continuité de la vie, à travers la mémoire des gènes. Les gènes font partie de nos racines. Ainsi l'arbre que l'on coupe a le tronc, les branches, les feuilles qui se meurent, mais ses racines laissées en terre vont lui permettre de pousser de nouveau. Elle est maintenant confortée dans sa croyance, il y a une sorte de transmission de notre vécu de génération en génération, qui fait que notre histoire se poursuit. Elle n'ose pas parler de réincarnation mais ça lui ressemble beaucoup.

Ce que lui a raconté Alexis ne l'étonne pas. Elle en est même heureuse… Pour elle, c'est une preuve supplémentaire que l'on continue sa vie, soit pour qu'il y ait un aboutissement à ce qui a été commencé dans une vie antérieure, soit pour prévenir et protéger ou encore mener à bien une mission, comme celle de rétablir la vérité sur l'existence de Louis. Son coma a laissé libre cours à ses pensées enfouies au plus profond de son inconscient. Louis et Alexis n'ont fait qu'un à ce moment-là.

Bien sûr, sa conviction n'engage qu'elle, et elle ne se permettrait aucunement d'essayer d'en persuader qui que ce soit.

Madeleine, apaisée, rayonnante, plonge son regard noisette dans celui de sa fille et lui dit :

— Ma chérie… et si, au bout du chemin, il y avait un après ?

FIN